WHAT ARE YOU GOING THROUGH

SIGRID NUNEZ

WHAT ARE YOU GOING THROUGH

SIGRID NUNEZ

WHAT ARE YOU

告訴我，
你受了什麼苦？

SIGRID NUNEZ

西格麗德．努涅斯——著
張茂芸——譯

GOING THROUGH

各界好評

第一次讀到努涅斯的小說《摯友》，立刻有驚豔之感，幾乎是一鼓作氣、廢寢忘食地讀完。這回，捧讀她繼《摯友》後最新的這部《告訴我，你受了什麼苦？》，竟是一種捨不得讀完的感覺。

——郭強生（作家、國立台北教育大學語文與創作學系教授）

過去一年，這本書伴我捱過孤獨……人到暮年，朋友凋零。患有不治之症的好友決定自行了斷，卻要求你在她動手的時候陪伴在側，你會答應嗎……努涅斯做出的高難度動作，是將「在死亡面前友誼不堪一擊」這個主題的潛藏喜劇性（comic potential）發掘出來，結果寫成一部悲喜交集，令人既捧腹又感傷的佳作。

——林沛理（香港作家、文化評論家）

「女人的故事往往是悲傷的故事。」努涅斯一慣將世事看得如此透澈。如果說，《摯友》是一部寫於死亡其後的故事，《告訴我，你受了什麼苦？》便是一場死亡現場如潛覽環礁般的展覽；延續著她對語言、文字的思索，生命不正是一場文學實境秀？「無論我們多努力把最重要的事化為文字，卻總是像穿木屐踮腳尖跳舞。」努涅斯總能在絕望與告別中翩然起舞，包藏著那麼多的悲傷，卻依然溫暖。

——蔣亞妮（作家）

愛、死亡、友誼、同理與滿滿的智慧。我真是崇拜努涅斯。

——珀拉・霍金斯（全球暢銷書《列車上的女孩》作者）

需要超越智慧才能寫得出夠有智慧的作品，需要某種類似夜間飛行的回音定位能力，精準描繪感應，述說你此刻何在……不論那有多難，努涅斯就是有本事辦到。當我翻開她的小說，我幾乎馬上知道：這就是我要去的地方……這本書如果不是跟《摯友》一樣好，就只能說是更棒了。書中有哀傷，也相當逗趣，講述我們磕磕絆絆走向死亡，那不正如我們常常是笨拙應對每件事情嗎？

——杜威・嘉納（《紐約時報》書評家）

人生無一處不是心靈沃土，無一事件不是輝煌，努涅斯總能把生活日常織成引人入勝的錦繡，即便進入生命尾聲友誼依然放光……在她筆下所有故事都是愛的故事，難得有人能以如此悠然典雅的手法帶我們走向終點。

——《泰晤士報》文學增刊

反覆閱讀《告訴我，你受了什麼苦？》，我深深入迷：努涅斯以其特有的幽默與冷靜語調，敘述了衰老的不公平是如何綑綁了女人，不論在社交生活，或是彼此的相處相待上都是……主角透過倒空自己，延展意識拓及他人，在一段段傾聽間，確保故事的生動活力與光采。努涅斯在吳爾芙關於衰老病死的精采短篇〈鏡子裡的女人〉（The Lady in the Looking Glass）中，汲取到生命深邃的存在，那對心靈而言，宛如呼吸之於身體一般關鍵。

——莫薇．安姆瑞（《紐約客》書評家）

描繪痛與失落的精美工筆畫。

——《時代雜誌》

動人、情感濃烈地描繪出對身旁的人同情共感會是怎樣的生活。尤其在一個集體哀悼的時節，這本書的出版格外切中人心需要。

——《今日美國》

情緒飽滿到不忍釋卷……字句間滿是智慧與溫柔。

——《時人雜誌》

努涅斯說了個極其簡單的故事……卻能延伸到極大的主題：這世界上，最現實的莫過於生與死，以及我們對這兩件事的感受。美、友誼、自然、藝術：在自我通往孤寂與絕望的路上，努涅斯提供這些經緯來幫助我們定位生與死。

——《紐約時報》書評

《告訴我，你受了什麼苦？》明確地引用了威廉福克納給作家訂下的目標，並且成功命中了：「愛和榮譽和憐憫和自尊和同情和犧牲。」努涅斯再次寫出深刻的人性，提醒我們陪伴與文學能帶來的豐沛慰藉。

——美國國家公共廣播電台

《告訴我，你受了什麼苦？》帶我們思索何謂好死……但跟《摯友》一樣，本書關鍵不是情節走向，而在於這書如何牽動思緒與帶來洞察。

——《經濟學人》

這不只是本同理心的書，更是對不可知事物的尊重……努涅斯的智慧筆法，帶我們審視走近人生最後階段的各樣人物，並從中發現詼諧與希望。

——《金融時報》

努涅斯向來以其勇敢、充滿反思、敏銳又深具洞察力的筆觸而大受讚賞……這本極富企圖心的作品試圖把我們最大的問題給指名道姓地點出來……但最有衝擊力的應該是故事主角那深深的同理，讓她從一個謹慎機巧的旁觀者，轉變成深愛朋友卻又無能為力的陪伴者……《告訴我，你受了什麼苦？》以現身說法讓我們膽顫心驚，前後呼應的語句，宛若預言般的安魂曲。

——《華盛頓郵報》

這書宛如微光映路，既深刻又滑溜，但更是深植現實。正如書裡這句「故事無論多悲傷，只要講得精采絕倫，還是能讓你精神一振。」《告訴我，你受了什麼苦？》就是這樣一本美麗的書。

——《西雅圖時報》

冥思漫想、驚人的歡快趣味筆法……這本書簡直是精品，深度思考關於寫作、心理動態、如何變老、女權反思，以及我們對身旁的人有何義務。

——《星期日泰晤士報》

直面死亡主題，展露罕見的開誠布公姿態，讀來意猶未盡。

——《巴黎評論》

努涅斯的敘述如測謊探針一般敏銳，精準的觀察把日常平庸事件都寫出了悲痛……

——《洛杉磯時報》

努涅斯的文字是幽微又優雅，意隨心轉又時現智慧之言。隨著對死亡的思索，卻不時透著幽默。在一切痛苦與嚴肅的事物前，生命簡直像是荒謬鬧劇，身為人類的我們難以明瞭其中真義，但仍能保有溫柔。

——《歐普拉雜誌》

在面對生命末期照護問題上，這一本威力強大的小說，以直率且精巧到不可置信的筆法追蹤人所做的種種抉擇。

——《觀察家報》

極為出色……敘事線精采奪人，努涅斯在第一跟第三人稱之間、過去跟現在之間、直接跟引述之間，穿梭自如，宛如法拉利賽車，在賽道上酣然歡暢切換。——英國《旁觀者週刊》

關於友誼、死亡與世界即將黯淡的冥思小說……縱然悲傷很多，卻也滿足了真正的閱讀樂趣，是一本煥發睿智、溫暖和充滿同情共感的故事。

——英國《獨立報》

對生死進行一場非凡的探索，讀努涅斯的小說是一種近乎冥想的體驗——甚至帶來的影響還更大。……憂鬱中透著幽默，友誼交流中帶著啟發，也許在那樣的時刻，這就是最好的陪伴。

——英國《觀察家報》

在放大與聚焦之間，從地球的死亡到一個朋友的死亡之間，努涅斯的筆觸掌控精準，不但緊湊、清晰，並且充滿洞見。

——英國《標準晚報》

跟《摯友》一樣，《告訴我，你受了什麼苦？》也帶來深度玩味文本的樂趣。讓你明白那些文學作品不僅僅「真實」，還可以在生活中清晰體會到。透過主角思索、寫作，然後再理解的種種經歷與掙扎，文學感覺真實。

——《書評雜誌》

在此疫情大流行期間，人人皆感無能為力的時刻，本書為現代焦慮帶來了一個喘息空間。努涅斯謹守其情感，卻在內心混亂中演繹了優雅的同情。很令人心碎卻是對生命的肯定，盡訴活著的孤獨與壓力，卻也是我們所知如何對生命保有同情同理的極致描寫。

——《The Skinny 文藝雙月刊》

《告訴我，你受了什麼苦？》讓讀者揪心到最後一頁，並以一種非常文明的方式獲得撫慰。

——《法蘭克福文匯報》

本書以其特有的安詳、優雅、幽默的智慧筆法，帶來深深的安慰。

——北德廣播公司

這是本帶著無可奈何意味的詼諧小說，以舉重若輕的筆法處理了離別、死亡和萬物終結的巨大課題。

——西格麗德．洛夫勒（Sigrid Löffler，奧地利文學評論家）

各界選書

- 紐約時報書評年度首選
- 時人People雜誌年度十大好書
- 歐普拉雜誌、科克斯書評雜誌、泰晤士報文學增刊、衛報、美國國家公共廣播電台年度選書
- 紐約時報編輯當週精選
- 娛樂週刊當月推薦
- 觀察家報秋季好書
- 今日美國五大不可錯過好書
- CNN電視台當月選書
- 哈芬登郵報九月最期待十大好書
- 時代雜誌秋季好書
- 哈潑時尚雜誌年度好書
- 科克思書評當月推薦
- Shondaland.com網站當月推薦
- BuzzFeed網路媒體秋季好書

目次

推薦序

在悲傷中發現愛

郭強生

第一次讀到努涅斯的小說《摯友》，立刻有驚豔之感，幾乎是一鼓作氣、廢寢忘食地讀完。這回，捧讀她繼《摯友》後最新的這部《告訴我，你受了什麼苦？》，竟是一種捨不得讀完的感覺。

每讀罷一個篇章，總會陷入深深的反思與難以釋懷的憂鬱，而不得不更加細嚼慢嚥。我利用幾個下午，獨自坐在咖啡館的角落與努涅斯隔空相對，聆聽著她輕柔中帶著倔強的款款訴說，好怕自己的眼淚就這樣奪眶而出。

還會有比陪伴癌症末期的半生老友，協助她完成安樂死更悲傷的故事嗎？

但讀過努涅斯上一本小說的讀者就會立刻明白，這絕不會是那種「情比姊妹深」的通俗劇。

即便在悲傷中，她仍不失她的犀利，甚至屬於她的一種奇特冷面幽默。如果你喜愛上一本《摯友》，期待再次領受她的智慧、坦誠、勇敢與細膩，這回你會更加確定，即使你們相隔天涯海角從不曾謀面，她卻像是一個認識已久的朋友，甚至比那些認識更久的朋友還更值得信任。

不得不說，這就是文學的獨特魅力了。

如果上一本是努涅斯在剖開私密的哀悼，這一本《告訴我，你受了什麼苦？》則像是她在向你揭露這個時代的創痛：這個世界到底怎麼了？

每個禱告的人似乎都渴求著愛——從未尋得的愛；生怕就要失去的愛。（七三頁）

書中的敘述者「我」，可以看作就是《摯友》中的同一主人翁：單身初老、生活簡樸的女作家，曾歷經女權運動洗禮的第一代，如今卻感慨「女人的故事往往是悲傷的故事」。而計畫自行安樂死的那位好友，許多書評認為是以蘇珊．桑塔格（Susan Sontag）這位美國文化界的女傑為原型。

桑塔格在二〇〇四年癌症過世，享年七十一歲，以如今的標準來說算是英年早逝了。早在一九七六年，當時努涅斯還只是個剛從研究所畢業的學生，曾經擔任過桑塔格的助理，因此展開了兩人長達近三十年的情誼，努涅斯甚至還差一點成了桑塔格的兒媳婦。在桑塔格過世後，努涅斯也曾出版過一本哀悼桑塔格的回憶錄。

然而，究竟是否書中那位癌症末期的老友就是桑塔格一點也不重要，因為《告訴我，你受了什麼苦？》並不意圖探索兩個女人的過去，而是指向敘述者「我」成為那一代被遺留下來的倖存者，要如何面對這個依然充滿著厭女情結的世界？要如何面對孤獨死的必然下場？

甚至，這一生的功課所教會她的人情觀照，能否讓自己於這個冷漠的時代，再次發出聲音？

總之有人說過，世上有兩種人——一種是看見別人受苦，想到這也有可能發生在我身上；另一種人則是想，這絕對不會發生在我身上。第一種人幫我們熬過苦難；第二種人令我們飽受煎熬。（一八六頁）

如果《告訴我，你受了什麼苦？》真有任何桑塔格的影子，或許不是病床上的那個角色，而是桑塔格生前的那本《旁觀他人之痛苦》（*Regarding the Pain of Others*）。

這也是努涅斯這本新作，與上一本《摯友》的最大不同之處。

以看似馬賽克拼圖式的穿插敘述，除了描寫主人翁面對協助老友安樂死這個承諾時內心的糾結變化，更多的篇幅是在呈現她生活周遭的「他人」。

這些「他人」可能是經常打照面卻並不往來的鄰居，某個偶然因投宿而短暫同一個屋簷下共處的民宿女主人，或者十幾年同是一間健身房會員的點頭之交……當伴病的敘述者倒數著，那最後一刻的告別即將到來的過程中，這些曾於與她擦身而過、不同年紀的女性，也同時紛紛浮上了她的心頭。

我認為，努涅斯想要說的是，在這個走到哪裡都會聽到「正面思考」這句口號的時代，這種自我感覺良好其實正在一點一點磨鈍我們的感受力。

然而，再怎樣以小確幸的態度迴避，以為看幾本心靈雞湯就有如神功護體，我們仍不知病老死會在何時何地降臨在我們頭上，這是沒有任何他人經驗可以借鏡的最後關口。

努涅斯筆下這一則則或長或短的悲傷故事，既沒有道德教訓，也沒有高調論述。她用那樣乾淨、從無贅述的句子，彷彿只是不經意地轉述，卻每每教我讀完後無比震驚。尤其是出現在癌症病友團體諮商聚會上的那個女人，她的遭遇不禁讓人聞之而無語凝咽。

在讀這本努涅斯新作時，必須更加的細嚼慢嚥，原因便在於此了。我彷彿聽見努涅斯在說，如果想要讓這個世界停止自我毀滅，就應該從好好聆聽與感受這些人所受的苦開始！

我們或可理解有很多人說許多種不同的語言，卻受了誤導，以為只要是與自己同

族的人，都會和自己講同樣的語言。（二四三頁）

就在讀完《告訴我，你受了什麼苦？》之後沒多久，我偶然在電影頻道上重看了那部被視為經典的美國片《誰來晚餐》（*Guess Who's Coming to Dinner?*）但是這回，我驚訝發現中學時曾對這部電影的喜愛竟然蕩然無存，甚至產生了厭惡之感：一個苦學成功的黑人名醫，一個家境富裕的白人嬌嬌女，兩人愛情的力量感化了原本反對黑白婚姻的家長。這哪能算得上一個化解黑白種族對立的故事？

根本就是白人編劇一廂情願的洗腦吧？因為這位風度翩翩的黑人娶到了白人女孩，所有黑人受過的苦就可以這樣一筆勾消了嗎？

突然好生慚愧，在年輕的時候竟然也曾相信過這種虛偽的政治包裝。

好在，人生閱歷還是有它的價值的。

現在的我，終於懂得如何過濾掉那些充斥四周、沒有靈魂的喋喋不休，也因此，努涅斯小說中那種不矯飾不煽情、卻總能一語中的的精簡準確，讓我感受到一種被療癒般的安定。

查了一下資料，原來努涅斯是一九五一年生。

感謝七十歲的她仍如此忠於創作，留下了像《摯友》《告訴我，你受了什麼苦？》這樣既堅定又謙卑的肺腑之言。

我的下一個人生十年，因為努涅斯，彷彿也隱隱浮現了它可被期待的輪廓了。

難道，希望這世上有個人能對死亡說點獨特的見解，是過分的要求嗎？（二五一頁）

是的，這就是努涅斯。從不接受簡單的答案，更拒絕複製那些世人想聽的話。她甚至也會爆粗口，「媽的因為我這人就是這樣」。即使發現人生無常且多事與願違，她卻仍可以在書的結尾寫下「愛和榮譽和憐憫和自尊和同情和犧牲——」最後再補上一句：

若我失敗了又如何。

這是只有認真地活過與寫過的人，才能夠有的清明與柔軟。

（本文作者為作家、國立台北教育大學語文與創作學系教授）

第一部

愛鄰居的極致表現，就是能夠跟對方說：
「你受了什麼苦？」

——西蒙．韋伊，法國哲學家

I

我去聽一個男人演講，地點在某大學校區。這男的是大學教授，只是他教的是另一所學校，在另一個地方。他也是知名作家，年初才贏得某個國際獎項。這場演講不收費，誰都可以來聽，禮堂卻只坐了半滿。而我呢，倘若不是湊巧，也不會坐在觀眾席，甚至不會來到這個鎮。我跑這一趟是因為有個朋友生病，住進這邊一間專門治療她那種癌症的醫院。我和這位親愛的老友已經幾年沒見，以她的病情來看，見了這一面，或許就沒有下一面了。

時間是二〇一七年九月的第三週。我透過Airbnb訂了間房。屋主是退休圖書館員，先生已經過世。我看了她的個人檔案，得知她有四個孩子、六個孫兒；嗜好是烹飪和看戲；住在一棟小公寓的頂樓，位置離我朋友住的醫院約三公里。那間公寓收拾得很整潔，泛著淡淡的孜然味。至於客房的陳設，應該是一般人會形容成「有回家的感覺」的那種——毛茸茸的小地毯，床上堆了一排枕頭，鋪著蓬蓬的羽絨被，小茶几上的陶壺插著乾燥花，床頭櫃上還有一疊平裝本推理小說。我在這種地方絕對不會有回家的感覺。很多人所謂的「舒適」（德文的 gemütlich；丹麥文的 hygge），只會讓某些人覺得窒息。

訂房時的文案介紹說這公寓有貓，我卻連貓的影子也沒見著。等我要退房了才知道，原來從我訂房後到入住前的這段期間，屋主養的貓死了。她講到這件事時的語氣有點衝，而且馬上轉移話題，免得我追問下去——其實我原本有意要問，但只是因為我從她應對的方式隱約感覺她其實希望我問。接著我忽然想到，或許她那樣突兀轉移話題，不是因為難過，而是怕我之後客訴，說什麼「陰沉的屋主開口閉口都在講死去的貓」之類的。網站上這種評論從沒少過。

我在那公寓的廚房喝著咖啡，從屋主幫我準備的點心盤中拿了小點心吃（屋主本人則比照 Airbnb 的不成文行規，並未現身），一邊看著她貼在軟木塞板上的各種當地活動訊息。有日本繪畫展、美術與工藝展、來此地訪問的加拿大舞團表演、爵士音樂節、加勒比海文化節、當地體育館活動行事曆、朗讀會等等。還有，那天晚上七點半，有那位作者的演講。

他在宣傳單上那張照片的樣子滿刻薄的——不，「刻薄」這字眼太刻薄，就說「嚴厲」吧。很多到了某個歲數的白人男性都有這種神情——滿頭白髮、鷹勾鼻、薄嘴唇、目光銳利，好似猛禽。談不上親和力。那照片傳遞的訊息，也談不上「請一定要來聽我的演講，期待與您相會！」，反倒像「我懂的絕對比你多得多，你得聽我的。聽完了，也許你才會長點腦袋。」

負責開場的引言人是個女的，是邀他來演講的那個系的系主任。這女人是大家都很熟悉的那一型——身在學界卻打扮得魅力十足；雖是知識分子，也是釣男人的高手。這種女性使出渾身解數，就是要讓大家知道，她儘管頭腦好、學歷高、有女權意識，又位居高階，但絕對不是老土、不是書呆子、不是毫無女人味的母老虎。就算過了某個歲數又怎樣？那裙子之貼身，鞋跟之高，加上豔紅的雙唇、染過的頭髮（我有次聽美容沙龍的染髮師說：「我覺得女人要是有了白髮，思考能力肯定會受損。」），在在說著：我還是可上之材。看那身材之苗條，大概可以想見她一天當中大部分時間都在挨餓。這類女性總是不約而同（可悲啊）有種想法：你看人家法國的知識分子，也可以是性感象徵呀——哪怕這種象徵有時可能也滿丟人現眼的（君不見法國那金童哲學家貝納－昂利・雷維，硬是故意留幾個襯衫釦子沒扣）。但會這麼想的女性，都有飽受欺凌的童年回憶——不是為了長相，而是因為腦袋。大家說「男人不會去撩戴眼鏡的女生」，其實指的是聰明女生、書呆女生、數學高手、科學宅女。時代變了，這年頭誰不喜歡眼鏡呀。現在倒是很常聽到男人炫耀自己特別喜歡聰明女人。最近不就有個新生代小生說，他一直覺得腦子最大的女人最性感嗎。老實說，我聽到這句，白眼頓時翻到後腦杓，還得猛甩頭才能讓眼珠子滾回原位。

有個關於指揮家托斯卡尼尼的傳聞，說他和某個女高音排練到一半不耐煩，一把抓住對方的雙乳大吼：這要是腦袋就好了！這不可能是真的吧，可能嗎？

後來大家又說「男人不會去撩屁股大的女生」。

我可以想像那個場景。演講結束後必然是由該系作東的晚宴，而鑒於講者的身分地位，必是費心安排的精緻餐飲，地點會是這一區數一數二的高檔餐廳。講者和女主人很可能會比鄰而坐。女方自然會希望兩人相談甚歡（不是無關痛癢的閒扯），或許還能眉來眼去一番，不過從男方的表現來看，這心願要實現會有點難度。因為男人其實心不在焉，他注意的是長桌遠遠的另一端，那個負責接待他的女研究生。她的職責是跟在男人身邊，接送他到不同的地點，包括今晚飯後送他回飯店。她見男人不斷朝這邊瞄，雖然自己只不過喝了一杯葡萄酒，回應男人的眼神已變得越來越大膽。

那個傳聞搞不好是真的，我上網搜尋過。不過根據某些報導，他其實並沒抓那女高音的雙乳，只是用指的而已。

引言人照例說了一串講者的豐功偉業，那男人只是垂著眼，裝得一副生性謙和、不習慣讓人這樣誇讚的模樣，扮了個鬼臉。我很懷疑誰會買帳。

倘若學校成績主要是用「從聽課吸收多少」來算，不以「從讀書學到多少」當指標的話，我應該只有死當退學的份吧。我閱讀或和人交談的時候很少分心，但不管哪種演講座談，我總是坐不住（最受不了的就是作者朗讀自己的作品）。講者一開口，我的思緒便四處遊蕩起來。尤其這一晚，我更是難以專心。我整個下午都在醫院陪朋友，疲憊不堪，一是因為看她受苦，二是因為還要強自鎮定，免得她看出我的憂心。面對病痛也是我向來不擅長的事。

於是我任思緒四處遊蕩，從演講一開始就這樣。有好幾次我沒跟上那男人講的話，不過也無所謂，因為他演講的內容主要是根據之前在某雜誌發表的一篇長文，出刊的時候我就看過了。不單是我，我認識的人都看了，我那住院的朋友也看了。我猜今晚大多數的聽眾應該都看過。我忽然想到，有些人至少是為了提問而來聽演講，想聽聽他怎麼跟大家討論他的主張，畢竟看過那篇文章的人，都已經清楚他那些論述的重點。但這位講者卻反其道而行，說今晚不開放提問，也不會有交流討論時間。至於他是否真的說到做到，我們不到演講終了也不會知道就是了。

一切都結束了，他說。他引用某作家的話，從法文翻譯過來就是：人類出現前有森林；人類出現後是沙漠。無論有什麼阻止災難的必要措施，無論需要哪些行動、做哪種犧牲，事實擺在眼前——人類顯然欠缺身體力行的意志，那種勇於承擔的集體意志。他說，隨便哪個有腦袋的外星生物來看，都會覺得人類大概只有等死一途。

都結束了，他又說了一遍。我們過去的認知是：儘管我們各自在地球上的時間必有終點，我們珍愛的、對我們有重要意義的一切，仍會延續下去；我們曾參與的這個世界，仍將屹立不搖。這是支撐著世世代代的信念與慰藉——但這樣的認知已不復存，這樣的時代已經結束，他說。我們的世界和文明都難以永續，他說。我們必須以這樣的新認知活著、死去。

男人說，人類的世界和文明因為終究不敵我們自己對它們展開的重重攻勢，恐將無法永續。擅長自掘墳墓的我們，把自己變成最容易攻擊的目標，不僅一再容許足以摧毀全人類的武器製造問世，更任由這種武器落入奸人之手——包括目中無人的惡霸、唯恐天下不亂的虛無主義分子，和毫無同理心與良知的人。我們既控制不了大規模毀滅性武器四處蔓延，也阻止不了把這種武器當可行方案、甚至視之為強烈誘惑的人。足以摧毀世界與文明的那一戰，發生的機率也就越來越高了……

男人說，我們或許會以為等人類都消失了，取而代之的會是高貴聰明的人猿，這樣的畫面固然美好，只是未來並非如此。想像人類滅絕後，地球可能還有一線生機，也許會讓我們心裡舒坦些，只可惜動物王國一樣難逃劫數，他說。儘管造成這些禍害的不是人猿也不是其他動物，牠們還是全部跟著我們一起陪葬——換言之，屆時未因人類活動而滅絕的動物，還是過不了這一關。

這男的實在很會演講。他把iPad放在講臺上，不時瞄個一、兩眼，但並沒照稿子唸，反倒侃侃而談，彷彿每一句早就滾瓜爛熟。從這個角度來看，他還滿像演員的，而且是相當厲害的好演員，沒有半點遲疑結巴，但也不會講得像是照著腳本排練過。這種才華可不是誰都有。他講話自帶某種威信，很有說服力，對自己講的內容顯然很有把握。他先前發表的那篇文章引用相當多資料來支持自己的論述，這場演講既然以那篇文章為基礎，自然也提到了他引用的資料做為佐證。不過從他舉手投足間釋放的訊息可以看出，他並不真的在意能不能讓人信服。他講的這些並不是個人意見，而是無從辯駁的事實。你信不信他都沒差。我覺得他用這種態度來演講不僅是怪，簡直是莫名其妙。正因為他面對的是一群活生生的人，是專程來聽他演講的人，我以為他會換個語氣，好歹也該和我印象中那篇文章的語氣不同吧。我以為這次會有些比較正面的結論，就算不能說樂觀，至少也不要讓人覺得大難臨頭，至少可以指點一下繼續前進的方向，讓大家看到那麼一丁點希望（假如真的只剩一丁點希望）。這感覺就像，既然你講的這些讓我們那麼專心聽下去，也確實把我們都嚇壞了，那你要不要聊聊接下來我們還能做點什麼？要不然，這位先生，你來跟我們演講的意義在哪裡？我敢說臺下的聽眾必定都有這種感覺。

網路恐怖主義。生物恐怖主義。勢必爆發的下一波大規模流感，我們同樣勢必毫無準備。我們濫用抗生素，導致感染的殺傷力大到無藥可治。世界各地極右政權崛起。自吹自擂、欺世亂俗成了政治策略，也是政府政策的基礎，甚至變成常態。我們無力遏止蔓延全球的聖戰主義。對生命、自由的威脅（也可說是對足以稱之為文明的一切的威脅）有增無減，男人說。反觀能對抗這些威脅的方法，卻少得可憐……

此外誰能相信，這麼大的權力集中於某些科技企業之手（更別提他們的優勢地位和獲利是仰賴大規模監控系統），竟可能造福人類的未來。又有誰會認真把這當回事，懷疑是否有那麼一天，這些企業使用的工具會成為效用驚人的利器，好達成你能想像的各種殘忍目的。然而在這些尊貴的科技宗主面前，我們是何等無助啊，男人說。大家不妨想一想，他說──在這一切全滅之前，矽谷到底還要變出多少讓人無法自拔的毒藥？假如這整個體制就是要讓人無論身在何處都被監視跟蹤，連說「不」的選擇都沒有，成天被呼來喝去、任意擺布，和籠中獸沒兩樣，那會是怎樣的人生？這時我們又要問了──理應熱愛自由的人類，怎會容許這種事情發生？為什麼沒有人對「監控資本主義」這種概念火冒三丈？難道是被科技業巨頭嚇傻了？萬一哪天有個外星人來研究人類為何滅絕，也許會做個精闢的總結：自由對他們來說負擔太沉重。他們寧願當奴隸。

假如有人只讀過這男人寫的文章，沒親自聽過、看過他講話，對他的想像大概會和那晚他實際的樣子大不相同。從他的用字、含義、他筆下種種駭人的「事實」來看，一般人想像中的他，應該不吝於表現情緒，不會講出抑揚頓挫都如此沉穩的語句，也不會戴著這副不動如山的冷靜面具。我就只有那麼一次看到情緒一閃而過——他講到動物，喉頭隨之微微一緊，但對人類似乎就沒什麼惻隱之心。有時他講著講著，視線會越過講臺，以猛禽的銳利目光在聽眾間搜尋。我後來覺得自己可以理解他為什麼不想接受提問。聽過演講的人想必都有這種經驗吧——每到現場問答的時段，最起碼會有一個人發表不經大腦的意見，要不就是問些毫不相干的問題，代表講者剛剛講了什麼，他們根本沒在聽。我可以想見為何對這位講者來說，在這場演講後還要處理這種場面，著實忍無可忍。也許他怕控制不住自己的脾氣，因為當然，在那冷靜自持的外表之下，你可以察覺到他是有脾氣的。深沉、好似火山的情緒。萬一他任由自己表現出來，那熊熊怒火應該會從他頭頂直噴而出，把在場的我們全燒成灰燼。

我總覺得聽眾的反應怪怪的，甚至要說反常也行。臺上這人描繪的前景如此灰暗，下一代要面臨的未來更是悲慘，大家卻如此順服、如此平靜而禮貌地聽講，彷彿他剛剛完全沒提到有段時間自然秩序將出現驚人的逆轉，先是年輕人羨慕起長輩（他說此一階段已經是進行式），接著是活人嫉妒起死人。

聽到這種事，還會想鼓掌嗎？不過大家還是照樣鼓掌，我想要是不鼓掌會更怪吧——不過這裡我講太快了，還是先倒帶一下。

在演講結束、大家鼓掌前，這男人講的某件事，倒是確實在無波的水面激起漣漪。聽眾間傳來一陣低語（這男人沒理會），有些人調整了一下坐姿，我還察覺到有些人在搖頭。我後面某排的某個女人發出緊張兮兮的笑聲。

一切都結束了，男人說。我們猶豫太久，為時已晚。我們的社會早已四分五裂，運作失調，嚴重到我們已來不及挽救自己闖的滔天大禍。再說，人的注意力無論如何始終定不下來。縱使極端氣候事件每個季節輪番上演；縱使全世界多少種動物面臨絕種危機，都無法讓我國把環境遭受的破壞列為優先關注的事。悲哀的是，他說，我們或許曾經指望社會上最具創見、學歷最高的階級提出創新對策，結果這個層級居然有那麼多人投入個人療法和偽宗教活動，主張自我抽離、鼓吹聚焦當下、接納自身周遭的現狀、在面對世俗煩憂之際保持平靜。（**這世界只是幻影**、**是屍骸**、**是虛無**；**這世界不真實**，**可別誤把幻覺當成現實世界**。）他說，疼惜自己、釋放日常焦慮、避開壓力，這種種都已躋身我們這個社會的最高目標之列——而且顯然排序還在拯救社會之前。「正念」這種風潮不過是另一種消遣，他說。當然當然，我們應該覺得很有壓力，他說。我們應該擔驚受怕，任由恐懼吞噬。正念冥想或許能讓人沉著應付溺水，但碰上鐵達尼號等級的重大危機則毫無用處，他說。要達到內在平靜，靠的不是個人努力；想及早採取預防措施，憑藉的不是惻隱之心，關鍵是大家對即將臨頭的末日，要有集體的、狂熱的、極度的執迷。

男人說，將有天大的苦難等在眼前，也毫無逃過一劫的可能，拒絕承認這兩件事都只是徒勞。

那，我們該怎麼活下去？

我們從現在起要捫心自問的一件事，就是該不該繼續繁衍後代。

（這時就出現了我前面提到的那種躁動。聽眾竊竊私語、更換坐姿，有個女的笑得緊張兮兮。此外，這一點倒是他先前沒提過的——那篇雜誌文章並沒寫到生育後代的話題。）

男人說，話先跟大家講清楚，他可不是說所有的孕婦都該考慮墮胎，他當然沒這個意思。他只是認為生兒育女的概念與做法代代相傳了這麼久，或許是需要重新思考的時候了。倘若把人帶到世上來，但在這些人的有生之年，世界就算沒崩毀到完全不宜人居，也有極大可能淪為生靈塗炭的不毛之地，這樣的話，繁衍後代豈非鑄成大錯？他想問，如果有人以為演變到這種地步的機率很低，或根本是無稽之談，而盲目一意孤行，照過自己的日子，會不會是自私之舉？或許甚至是不道德？是殘忍？

再說，世上不是已經有數不清的孩童，活在既有的威脅之下，亟需受到保護？飽受各種人道危機折磨之人，何止百萬千萬；選擇遺忘這些人道危機之人，又何止百萬千萬？我們為什麼不能把關注的焦點放在周遭之人承受的種種苦難？

或許，現在就是我們功過相抵的最後機會，男人提高嗓門道。一個文明在末日臨頭之際，唯一有道德、有意義的歷程——就是學習如何請求寬恕；學習如何以微小之舉，彌補我們對同類、對其他生物、對美麗地球造成的嚴重傷害。盡最大的力量珍愛彼此，互相寬恕。同時也學習如何道別。

男人拿起講臺上的iPad，迅速走向後臺。從聽眾鼓掌的節奏，不難聽出大家的疑惑。演講就這樣結束了嗎？他還會回臺上來嗎？但接著現身的是一開始介紹他出場的那個女人。謝謝各位今天光臨，祝大家晚安。

眾人紛紛起身，魚貫步出禮堂，走出大樓，迎向夜裡清新的空氣。雖說今年氣溫之高比起往年紀錄毫不遜色，但以此地的這個月分而言，此刻卻是這季節最理想的溫度。

我附近有個聲音響起：我得喝一杯。

另一個聲音應和：我也要！

散場的人群間瀰漫著某種悶悶不樂的氣氛。有人貌似恍神，有人一語不發。有人對不開放提問有些意見。

他以為他了不起啊，某人說。

也許他不爽現場沒坐滿吧，另一人說。

我也聽到：真是無聊死了。

還有：是你說要來聽的耶，又不是我。

有好些老人家圍成一圈，圈子中央的老先生不知說了些什麼，逗得大夥兒一陣哄笑。哎喲！**完啦，完啦，全——完啦**。我還以為臺上的是洛依·奧比森Φ咧。

我還聽見：簡直是灑狗血嘛……講這種話都不用負責任嗎？

以及：講得很對，每句話都可以劃線。

也有（火大的語氣）：那我倒要聽聽你的高見，媽的重點到底在哪裡？

我加快離去的腳步，不想再理那群人，但有個男的步伐幾乎和我完全一樣，我記得他先前也坐在聽眾席。他身穿深色西裝套裝、慢跑鞋，戴了頂棒球帽，獨個兒邊走邊吹口哨。世上的歌何其多，他吹的偏偏是〈我最愛的事〉。

我得喝一杯。老實說，早在聽到別人講出那句之前，我就有同樣的念頭了。我想在回民宿、躺上床之前喝一杯。我原本就打算用走的回去，因為先前也是走到學校聽演講（距離不到兩公里），我知道會路過幾個可以喝酒的地方（我想喝杯葡萄酒）。但畢竟人生地不熟，哪裡能讓我一個人自在喝杯酒（假如真有這種地方），我也沒把握。

我看了幾間店，但不是人太多、太吵，就是基於某種緣故不怎麼順眼。孤寂失望之感頓時湧上心頭，多熟悉的感覺啊。我想到我認識的一個女人，

Φ Roy Orbison（1936-1988），美國歌手、作曲人，六〇年代以多首抒情歌曲聲名大噪，如電影《麻雀變鳳凰》主題曲〈Oh, Pretty Woman〉。老先生的原句不斷重複「It's over」，這也是洛依・奧比森一九六四年的暢銷曲曲名。〔本書均為譯註〕

她早就自備隨身酒壺了。走著走著，就在我快放棄的當兒，忽地想起民宿那條街轉角有間小餐館，我先前路過的時候裡面空空的，但我注意到他們供應葡萄酒。

想當然耳，這會兒那間小餐館一點都不空。不過從街上望過去，可以看到桌位雖然好像都滿了，吧檯倒是還有空位。

我走進去，找了位子坐下。酒保是個小夥子，身上有大片花紋繁複的刺青，鬍子留得也特別，我覺得應該可以藉此打開話匣子，只是他儘管沒在忙，卻完全不理我，那一刻我還真不知怎麼辦才好，只得拿出手機（永遠可靠的隨身道具）玩了一會兒。

玫瑰上的雨滴，小貓咪的鬍鬚Φ。

酒保最後終於閒閒晃了過來（唔，所以我沒變成透明人嘛），問我要喝什麼。我終於喝到了那一杯。紅酒——這可是「我」最愛的事。這漫長疲憊的一天令我感觸良多，一杯在手有助於沉澱思緒。但沒多久我就分心去聽背後某桌的對話。講話的兩人我得回頭才看得見，我儘管沒回頭，也很快就知道他們大概在談什麼。

那兩人是父女。母親與病魔纏鬥許久，一年前過世了。他們家是猶太人，要在死者一週年忌日前為墓碑進行揭幕儀式。在外地的女兒為此趕了回來。父親把聲音壓得很低，近乎喃喃自語；女兒的嗓門則越來越大（多少是因為那酒保不知怎的，把音樂放得越來越大聲），到後來簡直是用吼的。

那對妳媽來說太難熬了。

我知道，爸。

她受了那麼多罪。

Φ 《我最愛的事》（My Favorite Things）第一句歌詞。這首歌是舞臺劇和電影《真善美》（*Sound of Music*）的知名插曲。

我知道。當時我在。

她倒是很勇敢。只是沒人能那麼勇敢。

我知道，爸。當時我在，我一直守在她身邊。其實我原本就希望我們能聊聊這件事。你也記得那時候是什麼狀況，爸。大大小小的事都是我打理。你那麼擔心媽，媽那麼擔心你。我明白這對你們倆來說有多苦。

我記得她有多苦。

我一直希望我們能聊聊這件事，爸。那陣子我自己也發生了很多事——只是沒人知道。你和媽互相扶持，而我照顧你們倆，可是沒人照顧我。那種情況下，我自己的需求只能先放一邊，我們從來沒好好處理這一塊。我的心理醫師說我之所以有那麼多問題，癥結就在這裡。

（我聽不見對方說什麼。）

我懂，爸。不過我想說的是，這對當時的我來說也很苦，而且到現在還是很苦，我需要有人了解這一點。這麼久了，事情並沒有過去，我每天的生我們一定要去聽他演講。但說老實話，要不是我們坐得離他那麼近，我大概早就站起來走人了。是，我當然知道他很有名、很有學問，講的東西很重要，不過我覺得語氣真的是關鍵，他那個語氣我聽著就是不舒服。我倒不是怪他怎麼把事情講得那麼糟糕——真的，想到我幾個孫兒要面對的未來，我真的很害怕。只是他一副好像完全沒救了的語氣，不曉得，我就是覺得不對勁。誰有那個資格跟大家說未來完全沒希望啊？這種話是可以隨便講講的嗎？而且沒道理嘛。他怎麼可以先跟大家講別抱指望了，又要大家——他是怎麼說來著？——喔，他要我們互相關愛，互相扶持。哪有可能啊。

我附和說她講得有道理。

她又說，妳能想像嗎？要是大家真的對人生這麼絕望，都不要生小孩，會怎麼樣嗎？這簡直是反烏托邦小說的情節嘛，而且我還真的在哪本書上看過。好像是政府規定懷孕是犯罪之類的，我不記得了。總之我不敢相信他是說真的。居然叫大家不要生小孩。他以為他是誰啊？

他是我前任。只是這句我沒說出口。

她問，妳有沒有注意到，這場演講是大學辦的，可是沒什麼年輕人來聽？

我注意到了。

我想這不對年輕人胃口吧，她說。

嗯，但用這種方式打發一個晚上，也不壞啦，她說。妳覺得呢？

我附和說，用這種方式打發一個晚上，是滿不錯的。

妳真的不要喝點茶嗎？還是喝點別的？來杯葡萄酒怎麼樣？

不用了，沒關係。謝謝，我說。

回房間之前，我忽生一念，和她說了那個散場時邊走邊吹口哨的男人，而且吹的是〈我最愛的事〉。

噢，真好笑，她說，迸出刺耳短促的笑聲。我從來沒喜歡過那首芭樂歌，但歌詞倒是記得很清楚。

就這樣，我站在陌生人家的廚房裡，聽一個不認識的女人把〈我最愛的事〉從頭唱到尾。這天彆扭的時刻又多添了一筆。

上了床，熄燈前，我拿起床頭櫃那疊推理小說最上面的一本來看。書上的文案寫著：**承派翠西亞・海史密斯與喬治・西默農之風，以七〇年代紐約黑暗面為背景的心理驚悚小說**。

有個男的暗中計畫殺死自己的太太。他們倆結婚不算太久，除了剛認識後的一小段熱戀期以外，他從沒真心喜歡過這女人。畢竟這個女的刻薄又自私，總是瞧不起他，他對這女人的感覺逐漸轉成恨。其實這個男的的厭女心態早就根深柢固，多少是因為小時候常被母親痛揍的緣故。而且他每次和女人性交（從他到鎮上常找的那個妓女，到自己的合法配偶），總會感到強烈的羞愧。他從小和母親相處時，就常幻想自己預謀殺死某個特定的女人，還暗中把這些女子稱為「可能人選」，也就是勒死的可能人選。

男人已經安排好帶太太去加勒比海的度假飯店，重返當年蜜月之地，來個二度蜜月。他刻意選那間度假飯店當犯罪現場，因為那房間有陽臺，他覺得可輕易偽裝成歹徒從陽臺侵入。那個「歹徒」會發現屋裡只有他太太一個人，最後動手把她勒死。男人鉅細靡遺謹慎規畫好每個細節，便好整以暇等著幾個月後的出發日。只是他也在這段期間察覺太太的舉止有些異樣，但不知是怎麼回事。他越來越肯定太太有事瞞著他，而且搞不好還會因此壞了他的計畫。結果他發現原來太太的祕密是懷了孕，而他之所以發現，是因為知道太太剛去墮胎。太太雖是早已背棄信仰的天主教徒，卻仍堅信自己會因為墮胎下地獄。

男人簡直不敢相信自己的好運氣。用不著老遠飛去阿魯巴島，用不著偽裝破壞門窗進屋，最棒的是根本用不著等。他太太有了完全可信的自殺理由，還免費奉送給他。他甚至無意間聽到太太向好友哭訴，生怕教會覺得她犯了殺人罪。於是男人開始盤算新的計畫。

只是他的殺人計畫還沒著手，太太又投下另一枚震撼彈，和男友私奔去也。男人根本沒想過太太居然有外遇的可能，為此怒火中燒，獸性大發。他開車直奔常去的妓女家把她勒死，皮條客正巧在隔壁房間看電視，於是他一併勒死了皮條客。事後他覺得，儘管殺死那妓女給了他想要的快感與宣洩，幹掉那皮條客，才是他備感自豪的主因。又過了一陣，他回顧殺那妓女的感覺——他和對方無冤無仇，雖不覺得她該死，卻也不替她難過。她幹的是妓女這行，妓女被人做掉本來就是家常便飯，這也算得上是妓女的用處呀。

小說的第一部就在這兒結束。

派翠西亞．海史密斯曾坦承自己喜歡罪犯，覺得這種人有趣得不得了，甚至欣賞他們的活力與不羈，也欽佩他們不願向任何人低頭。只是大部分犯罪小說中的壞人都不是這種人，特別是殺人凶手，尤其是連續殺人犯，根本不是這樣。這本小說中的凶手是嗜血的變態，有大家熟知的單面向人格，生性凶殘，有虐待狂，欠缺良知和同理心。但他有一點還能稍微引人共鳴，就是他渴望自我提升。他不過二十來歲，始終深信自己不知怎的錯過了生命中非常重要的部分，也就是對藝術的理解與欣賞。小說剛開場，時間是宜人的夏日黃昏，男人獨自在簇新閃亮的林肯中心園區閒晃，望著廣場中央噴水池的水柱間映現的彩虹，以豔羨的眼神目送一批批趕著去看各項表演節目的人群。他不僅從來沒看過表演，連自己去看表演的樣子也想像不出來。他腦中或許在策畫泯滅人性的罪行，卻也幻想著自己「更有文化」的畫面。後來他在這種渴望的驅使下，溜進哥倫比亞大學去旁聽，讓自己更有文化，讀大部頭書籍，學習音樂與藝術的知識——他希望等了結殺妻的心事，能把更多時間花在這些事情上。這個凶手的這一面並沒讓我對他生出好感，卻引發我的惻隱之心。我有種感覺——他這個優點和他造的孽一樣，都和他的沉淪脫不了干係。

不過，沒看到後面的發展我也無所謂。就算只看了三十多頁，在第一部結束就喊停，我也無所謂。我對殺人案最後怎麼破案不怎麼好奇，也從來不在乎推理故事最後怎麼收尾。說實話，我的心得是——在看了作者花那麼多篇幅寫那麼多轉折、設計一堆難題之後，結局往往令人失望。壞蛋落網、難逃制裁或自取滅亡，始終是整個劇情中最無趣的部分。

有個故事我倒是很喜歡。有個住在安養院的女人，可以把一本推理小說看了一遍又一遍，每遍都像在看新書。等書看完，她已經把前面看過的都忘了，重看時也記不得之後的劇情發展。

民宿的女主人有點耳背。我進客廳的時候並沒有刻意放輕動作，但她完全沒聽見我進來。那是隔天早晨的事，我準備退房，想跟她說聲謝謝再道別。她站在窗前往外望，沒看見我。我一開口，她隨即旋過身，倒抽一口氣，摀著心。

有些女人過了一個年齡，臉龐會漸漸有點孩子氣。女主人的臉多肉又鬆垮，不難看出她兒時的模樣。這也就是當時我眼中的她——一個嚇壞了的小娃兒。很難說是不是因為她正在哭，樣子更像個小娃兒。

她「哈」地迸出一聲笑回道，沒事沒事，我好得很，她說，怎麼會有事呢。我剛剛只是，嗯，就是，在想事情。

昨晚看到妳坐在臺下，妳應該可以想像我驚訝的程度（他寫道）。妳搬家了嗎？我完全不知道。我想，要是妳想找我說話，散場後應該會來找我吧。我想，如果妳希望我看到妳，應該不會坐那麼後面。總之我想跟妳說，我昨晚看到妳了，感謝妳來捧場。我原本想等過了晚餐再聯絡妳看看，只是餐會結束後已經很晚了。我想說假如妳願意一大早起床，可以到我飯店來，我們可以在我出發前一起吃個早餐。然後我才想到，跟我吃早餐？妳大概避之唯恐不及吧。嗯，反正現在說這個也太遲了，我人已經在機場。不過還是要說，謝謝妳來聽我演講。知道妳坐在臺下聽，對臺上的我意義非凡。但願妳一切都好，也希望妳不介意我發這封信。我怕我的信會讓妳難過，卻又覺得好像這麼做才對。不過當然，請不要有回信的壓力。

讓我難過的是看到他老了許多。倒不是說他以前有多帥，但終究是老了。只有一件事比看著自己變老還難受，那就是看著你愛過的人變老。

她只是在想事情，她說。

福婁拜說，想就是受苦。

亞里斯多德說感知就是受苦，是同樣的意思嗎？

每次都要盡量讓觀眾吃足苦頭，希區考克說。

受苦的是玉米煮豆子，「樂一通」的那隻傻大貓說。Φ

II

我朋友接受的幾種癌症療法成效都不錯（其中包括某種仍然算是實驗性質的療程）。幾個作風比較謹慎的醫生都跟她說過成功的機率，但以目前的結果來看，比醫生預估得還好。

她會活下去。或者照她的說法是，她還死不了。

其實她說的是，**我還用不著提前退場嘛**。

如今她的心情一直在狂喜和憂鬱之間擺盪。狂喜的理由很明顯；憂鬱的原因，嗯，她也說不上來，但早就有人提醒過她，憂鬱是難免的。

Φ 原文是「Sufferin' succotash」，傻大貓的口頭禪，做為感歎詞或髒話代用語。Succotash是以玉米、豆子和蔬菜混煮的燉菜。

這樣講有點可笑，她說。不過已經好一陣子都以為大限臨頭，也盡力讓自己做好準備，結果居然逃過一劫，感覺滿掃興的。

其實她剛聽到診斷結果時，第一個念頭是根本不要接受治療。她得知自己這種癌症在目前這階段的存活率時（根據她自己找的資料是一半一半，但她的醫生不願意把話說死），已經預想得到必有一段漫長的療程，不僅痛苦不堪，全身氣力也會耗盡，原本正常生活該做的事，她會虛弱到完全做不了，再說這療程最後也很可能救不了她。這種事她看太多了，她說。我也是，我們都是。不過我們還是勸她別認輸，叫她一定要盡全力對抗病魔。一半一半，不算是「最差」的機率呀。

結果要說服她也不算難。她不想提前退場，那何不來當白老鼠呢（她的醫生已經講過很多次，叫她不要用這個詞，但她還是這麼自稱）。

只有一個人沒勸她改變主意。她女兒只說：那是妳自己的選擇。

我聽到這裡，心直往下沉。這兩個女人始終處不好。我朋友打趣說，和女兒什麼都可以吵，要是一吵就有錢拿，她現在八成是大富翁了吧。她常把跟女兒之間的互動當玩笑講，一來幽默感原本就是她個性的強項；二來這也是她面對逆境的方式。我記得她為了生這個女兒受了不少罪，先是懷孕過程中狀況反常的多，生產時更是吃足苦頭，產後甚至大出血，嚴重到必須輸血的程度——她後來講起這段經歷只笑說：**既然要把一個怪物帶到這世上來，要經歷這些也是難免的吧**。

她們母女相隔三千多公里，已經很多年都不太聯絡，但在我朋友診斷出罹癌的那陣子，還是通過幾次話（不像以前，我記得她們有多次冷戰的紀錄）。朋友跟我說，我連她同居的那個男的都沒見過。要是他們早就結了婚我才聽說，也是不意外啦。

那是妳自己的選擇。這句話我無從置喙，固然沒有必要往殘忍惡毒的極端去想，但我明白這句話聽在朋友耳裡的感受，我也知道她的心會多痛。

一想到這對母女，浮上心頭的就是「反常」兩字。記憶中她倆之間似乎除了誤解，再無他物。她們同住一個屋簷下的那些年，少有相親相愛的時刻。女兒搬出去之後，那寥寥無幾的溫馨時光也一併消逝無蹤。

我朋友講話開頭若是「早知道會這樣」，我很肯定接下來的句子會是：我絕對不會生小孩。不過她講的下一句其實是「我會想辦法至少再生一個」。

很久很久以前，如果有小孩因為某些特質（如病痛、殘障、個性冷淡、不守規矩）讓爸媽難以理解或看不順眼，一心想當好家長的爸媽，往往會相信親生骨肉肯定是被偷了，而小偷（根據許多民間故事的說法，偷小孩的大多是惡魔或仙子）拿來調包的則是侏儒、小鬼、某種非人類生物等等。想想有多少人以小孩調包的神話故事，當作虐待兒童的正當理由——從體罰、冷落到遺棄，甚至殺嬰。

但要說我朋友的女兒可能是出生時不小心抱錯的結果，也是不攻自破。她和媽媽一樣有雙漂亮的藍眼睛，連環繞瞳孔的那圈金邊都如出一轍。同樣的瓜子臉，同樣的O型腿，嗓音也令人難以分辨。但我記得聽朋友不止一次說過：要是我們活在黑暗時代，我敢說這孩子一定是調包的。

真要再問下去，就是一聲惱怒的長嘆。她就是「感覺」不像我親生的。

我每次聽到這句便為之一凜。

每回聽她說「早知會這樣就想辦法再生一個」，我也是一凜。但我想我懂她的心情。倘若她還有一個小孩，倘若她真的和那個小孩感情比較好，不就可以證明和女兒之間搞成這樣，不完全是她的錯？我懂。或者說，我盡力去理解這種心情。

她還一口咬定，倘若她當年生的不是女兒是兒子，一切就不同了——意思是一定會更好。

「我從沒聽過這麼悲傷的故事。」二十世紀有本知名小說Φ是這樣開頭

Φ 一九一五年出版的《好兵》（*The Good Soldier: A Tale of Passion*）。

的。每回聽別人聊起自己的生活難題，尤其是家庭不睦的時候，我常想起這句話。

我朋友的故事裡，孩子當然是有爸爸的，或說關於爸爸的往事。朋友和這男生高中幾年都是同一個交遊圈，最後在男生入伍當兵前短暫交往了一陣。他打完仗回來後，兩人嘗試重續前緣卻沒能成功。我朋友坦承，女兒就是他們分手前上床的結果。

我們都知道走不下去了，她說。但我們都沒生對方的氣，再說我也不知接下來什麼時候才有上床的機會。堅持要做最後一次的人是我。

朋友說她從來沒有結婚的念頭。她並不愛那個男的，不但從沒愛過他，也不希望他出現在往後的生活裡。他們之間除了能一起緬懷高中歲月之外，完全沒有共同的興趣。她發現懷孕後跟男人說了，但也講得很清楚，她對男人一無所求。我朋友家境原本就不錯，而且爸媽在知道她的情況後，竟然是喜多於怒。她爸媽其實一直遺憾這輩子只有個獨生女。不管基於什麼原因，馬上就有外孫抱，都是可喜可賀之事。

至於我朋友的男友，在打完仗回來後陷入茫然，對什麼都沒把握，但只有一件事是肯定的——他還沒準備好當爸爸。我朋友沒把他算在未來的規畫裡，剛好正中下懷。反正他一直想離開老家，找個地方開始新生活。他沒等到寶寶落地就走了。

就這樣，雙方十年來從無聯絡，最後再聽到消息，便是他的死訊。他和太太某天開車到鄉間，撞見一棟屋子的二樓著火，根據他太太後來的解釋，他當時說聽見二樓傳出尖叫聲，便衝進屋跑上樓，卻不敵高溫與煙，當場心跳停止。消防員不久後趕到，但沒能救活他。至於他說的尖叫聲，太太說自己並沒聽到，最後事實證明，屋子失火時裡面沒有人。

我真不該跟女兒講這一段的，我朋友說。早知道我從頭到尾就應該假裝根本不曉得她爸是誰。

在做母親的眼中，這個父親根本不值一提，加上這麼多年過去，他已經等於不存在。但對做女兒的來說，生命中少了父親，只是把父親的身影放得更大；他的死，更讓他成了無比巨大的存在。

父親何等英俊瀟灑——有高中畢業紀念冊照片為證。（「他這麼帥，應該和更更更漂亮的人交往才對呀。」女兒常朝她放冷箭，這句就是殺傷力比較大的一個例子。）父親曾出入沙場——既勇敢，又浪漫。他是願意捨己的英雄，為了救陌生人衝進失火的房屋。這樣的男人不會隨便拋下親生骨肉。然而她從沒見過父親一面，沒和他講過半句話。

這是誰的錯？

我朋友說，她某天在清女兒的衣櫃，發現一堆女兒偷偷寫給父親的信。我朋友心都碎了。

看樣子，女兒在信中把對母親和外公外婆所有的憎恨一股腦兒傾瀉而出。

我知道他們根本沒給過你機會。我知道我媽是怎樣的人，為了事事都要

順她的意，她什麼都做得出來。

她痛恨自己是單親媽媽的小孩——成長歲月裡，朋友圈中只有她是單親家庭背景。她始終甩不掉沒有父親的難堪。同樣甩不掉的，是她對母親約會對象的敵意。我朋友固然對結婚沒興趣，但在女兒小時候也和幾個男人交往過，只是女兒對每個男人都是極盡無禮之能事。要說她幫忙趕跑了其中幾個，也不為過就是了。

她也痛恨自己的成長環境。外公外婆彷彿把她和她媽當姊妹養。（我朋友說，講老實話，很多養小孩的事我都丟給我媽，這也合我媽的意。我確實覺得自己比較像大姊，不像媽媽。）女兒受不了媽媽和外公外婆那麼親，只覺自己格格不入（她是「她爸的女兒」），不屬於媽媽的生活圈，她和這圈的人也完全處不來。

那女人挑撥我們的感情，我饒不了她。

「那女人」當然就是我啦，我朋友說。

這堆信也就是情書。

她居然迷他迷得神魂顛倒，我朋友說。假如和她爸共度一小時的條件是把我們家的人全賣了當奴隸，她應該也在所不惜。

我心裡最大的疙瘩就是這個，我朋友說。好吧，要恨就恨我吧。肚子被搞大的是我，不想奉子成婚的是我，我這個做媽的夠差勁吧。可是我自己的爸媽有什麼錯？他們能做的就是愛她、照顧她，原本好不容易退休了，終於可以享享清福，卻被她害得每天愁雲慘霧。這點我永遠不會原諒她。

早知道事情會變成這樣，她一定會想辦法為二老再生個外孫。

我從沒聽過這麼悲傷的故事。

女兒中學時代寫了一首關於父親的詩，裡面有這樣的句子：「那燃燒的屋中是我／你聽到的尖叫是我。」

整首詩都在講她的一生真是悲劇啊，她媽這麼形容。這個大家求之不得、備受寵愛的孩子，在這個充滿苦難的世界長大，但你能想到的好命待遇她都有了，結果呢？她居然擺出一副可憐兮兮的姿態，好像她是孤兒、是難民，坐什麼鬼難民船。她居然有那個臉這麼形容自己。

「我是感情的船民」，那首詩中還有這麼一句。

外公外婆看了這首詩也不高興。詩中指責二老是有錢又冷血的勢利眼，把他們當敵人，不是親愛的家人。

但可惡的最後一根稻草來了，我朋友說。這首詩居然在學校得了獎！

話既然都講到這兒了，那我始終沒說的也就一併公開吧——我本來就不怎麼同情這女兒，也從來沒喜歡過她。我實在得說，她小時候就非常不討人喜歡。我記得以前因為不喜歡她，反而相當內疚，那時我總會想：不管怎麼說，她只是個孩子嘛。但我還真沒碰過這麼惹人厭的小孩。她撒謊本事一流；故意摔壞玩具；開個口就能到手的東西，她偏偏要用偷的；比自己小的小孩，她就是要欺負。外婆送她一隻小貓，她沒事就去整牠，搞得貓差點獸性大發。

到了她要上大學的時候，她申請的學校都在離家很遠的州（她媽講得很中肯：她想離我越遠越好）。後來進了研究所，她跑得更遠，到國外住了幾年。她從小到大都表現出對寫作的天賦與熱情，但對在文壇發展倒是沒什麼興趣（繼承「我的」衣缽？我朋友說，門兒都沒有），反而轉往商界，專攻企管顧問，後來又特別專精餐旅業和娛樂業。結果證明她在這方面還真有兩把刷子。這種工作得四處跑，她又那麼喜歡旅行，比工作還喜歡。因為業務所需，她出差常等於免費高檔旅遊，所以她居然過得比以前還開心。我們這些看她長大的人，還真想不到有這一天。

她徹底離家獨立後，對家人的敵意逐漸淡去。外公外婆相繼過世，更勾起她的悔意（她媽原本還怕她連這點感覺都沒有）。當然，要說母女就此和好，也是言過其實，她們倆之間應該永遠沒有真正相安無事的一天——不過兩人之間的緊張關係緩和了些，後來至少有幾年，她們設法接納對方成為自己生活的一部分，互動的方式和一般家庭沒有兩樣。

只是為時已晚。畢竟這對母女有太多不堪回首的過去，太多難以化解的嫌隙。（比照一般失能家庭的戲碼，我朋友很快就原諒了二老把票都投給共和黨，只是她女兒怎樣都不肯。）到最後，放掉對方各過各的，反而還比較容易。我朋友還沒見過女兒同居的對象；女兒同樣渾然不知母親也和某人交往了一陣（只是那男人見我朋友顯然有可能身患重病，興致便冷卻了）。

朋友的診斷結果出來時，家裡的情況大概就是這樣。

那是妳自己的選擇。我朋友說，話怎麼這樣講呀。那是妳自己的選擇。句點。好像這根本是件小事。好像和她半點關係都沒有。

我握住朋友的手，努力想安慰她。我說，人總有講錯話的時候——

妳沒生小孩真是聰明，她說。

這絕對不是她頭一次跟我這麼說，但這次她講話多了種不同於以往的力道。接著她又開口，語氣像是明白剛剛不該講那句話——妳知道嗎，我還特地叫大家今天下午別來看我，因為我希望只有我們倆。

我沒什麼新鮮事好說，就和她聊些別的，也就平常那些事。我最近讀了哪些書、看了什麼電影；我那棟樓最近某一戶傳出有臭蟲，大家都嚇壞了。我和朋友二十歲出頭的時候都在某本文學期刊上班，因此而認識。當時的總編輯就是我們的老闆，他在我這次來看朋友的幾個月前過世了，所以我們就聊起他，聊在那本期刊上班的日子，聊期刊在創辦人兼總編輯去世後可能的發展。我還跟朋友講到告別式。那天我去了，朋友說要是她沒生病肯定也會去。

我們還聊到我們都認識的人，有些是在那本期刊工作時認識的，有些到現在都是朋友，有些則斷了聯絡。有的人已經走了。這樣一直談和死相關的事，又講到和我朋友得了同樣的病而過世的人（好比我們之前的老闆），我其實有些顧慮，不過主導對話的是我朋友，我們以前相處的時候就是這樣，什麼都照她的意思。

儘管她因為吃了藥有點昏沉（我相信也是因為痛，但她說沒有），還是以她招牌的強勢姿態繼續講下去，不愧是教了大半輩子書的人。這讓我想起，她精力之充沛向來是出了名的。她是一般人形容的抗癌鬥士，在病魔肆虐下倖存之人，也正因此，我們這些認識她的人，都很驚訝她竟然宣布有意放棄治療，也不意外她之後改變想法。不過她那麼怕療程，倒是其來有自。我起先差點認不得她。她早幫我打了預防針，說自己「白得跟水煮蛋一樣，也瘦成筷子了」。往昔雷雨雲般的濃密秀髮也一根不剩。

我和朋友聊了差不多一小時，她的腫瘤醫師過來了，我們的談話不得不中斷。這醫生滿年輕，典型的棕皮膚帥男，簡直就是演英雄醫生的電影明星。看朋友和他一來一往打情罵俏的模樣（醫生很隨和，不著痕跡地配合我朋友），我其實有點感動，不過隨後我就被醫生請出門。我朋友住的是單人病房。（朋友跟我說，妳簡直不能相信這間房有多貴，不過想到要成天躺在這兒，同房的人不是一直看電視就是一直講電話，我受不了。我這個人連在候診區幾分鐘都坐不住。於是我跟朋友提到前年我為了動個小手術，在醫院待了一晚的經過。當時我只能聽隔壁床那個女的一通接一通打電話，跟一堆人講她目前的情況，連幫她做頭髮的設計師也在內。怪的是這些人之中，有一位顯然搞不太清楚狀況，這女人還得解釋她們是怎麼認識的。）

醫生看完診，我和朋友繼續剛剛的話題。接著冷不防地，她忽地往後一靠，非常疲倦的樣子。就那麼突然，彷彿挨了一槍。她已經累到沒力氣說話，但要我再多坐一會兒。有個護理師來幫她抽血，朋友卻朝她發脾氣，起因是什麼我記不得了。（朋友後來的說詞是，我不喜歡那個護士。）那名護理師完全是專業的氣定神閒，離開的時候還朝我眨了眨眼。癌症病房護理師都受過訓練，懂得什麼叫寬容。

我好高興妳來看我。我臨走前親親她說再見，她這麼對我說。

我說我還會過來，明天。

妳今晚要幹麼？有節目嗎？

我說我要去聽前任演講。

噢，「他」啊，朋友說著翻了個白眼。

我問朋友有沒有看過他寫的那篇文章，今晚的演講就是以那篇文章為題材。朋友說她看了。

不錯啊，他嘴還是一樣賤嘛，朋友說。

最近有本文集收了一篇短篇小說，背景是根據我和我朋友都算熟的真人真事，因為裡面有個人物是我們的舊識，一個老同事。故事是說有個男人在大學教書，某天他班上來了一個男生，碰巧讓他想起年輕時迷戀的翩翩美少年，害他一時心緒翻騰，難以自持。他終於不敵誘惑勾引學生，卻發現學生對他也有好感，簡直喜出望外。兩人隨即陷入熱戀，儘管明知彼此的世代差距，還是盼望這段感情能一直走下去。只是沒多久便真相大白，原來男生竟是教授年輕時那戀人的兒子。得知這件事，讓教授的內心世界天翻地覆。他快刀斬亂麻和男生分手，卻再也無法回到正常的生活，成日惴惴不安，最終以自殺收場。

我還記得真相尚未曝光的那段期間，我們沒人敢相信，這男人怎麼有辦法對如此明顯的線索視而不見。一是那對父子長得很像，老實說幾乎是一個模子印出來的。二是更顯而易見的——他前後這兩個戀人有一樣的姓氏。更令人難以置信的是，他從沒對這男生提過這些神奇的「巧合」，顯然也從未試圖了解巧合背後是否別有隱情。

否認的力量。這種事情屢見不鮮。好比高中女生在學校廁所生了個小孩，後來才說她根本不知道自己懷了孕，至於身體發生的種種變化，她則說是因為——隨便怎麼說都行。

人心自欺欺人的能力無極限——我前任說的確實沒錯。

那本文集中的短篇小說，是那個年輕（嗯，現在也不年輕了）戀人寫的。裡面人物的性別和許多細節都更動過，所以這段戀情中的學生變成教授的女兒，只是教授從來不知自己有這麼個女兒。根據作者的說法，這樣寫是為了製造更戲劇化的衝突，也讓結尾的自殺更具說服力。當然，實際的情況比小說更扣人心弦。我朋友的感想和某些人一樣，覺得這作者其實「毀了」整個故事——因為他忘了，實際發生過的事並非虛構作品。某些和教授交情很好的人並不喜歡看他變成虛構角色，也認為這篇小說原本就不該寫，也不該發表。

不過小說還是刊出來了，我們也看了。又一個悲傷無比的故事。

我大約十五年前看過一部奧地利的紀錄片，印象太深始終忘不掉，原文片名叫《Jesus, du weisst》。片名的意思是「耶穌，祢知道」。片中有六名天主教徒，各自身在不同的教堂，相同的是教堂除了他們沒有別人。在徵得這幾名教徒同意後，攝影機用腳架架在祭壇上，他們各自面對鏡頭跪下，朗聲禱告。這三男三女都是一般信徒，都背負著重擔，都有許多心事，想對耶穌說的話太多太多。片中不時反覆出現「祢知道」三個字。（其實《祢知道，耶穌》應該會是更正確的片名，因為片中這三字只是平常對話中用來填空檔的詞，不是指主無所不知。）這些單向發言講的都是很私人的事，大多是關於家庭問題，雖然名義上是「禱詞」，內容卻比較像一般人面對諮商心理師或向告解神父時會說的話。不能說是給神的情書，也不是天主教會所謂的「舉心向上」，或「向天主祈求合宜的恩賜」。

六人之中有個女的愁眉不展，因為她先生中風，如今成天只會看垃圾電視節目。另一個女的則抱怨先生外遇，希望能得神助，讓她想出適當的字眼，打匿名電話通知那個小三的丈夫。也願耶穌能賜她力量，讓她不要毒害先生，儘管她坦承已經弄到了毒藥。

有個老翁以淡漠的語氣，質問耶穌關於自己童年受虐的事：為什麼我爸要打我。為什麼我媽朝我臉吐痰。

有個年輕人滔滔不絕哀嘆，從爸媽不了解自己對宗教投入的程度，一路講到自己匪夷所思的性幻想，而且這種幻想偶爾還和宗教有關。

一對年輕男女輪流敘述兩人感情的種種不睦，因為她想追求的人生目標和他天差地別。

這六個人喋喋不休講了又講。實在沒別的詞可以形容這種狀態，也無法忽略一個事實——他們講了一大堆，但很多都是我們所謂的無病呻吟。只是同時也有個聲音悄悄竄出，幫他們說話：他們似乎非得把自己的感受講清楚不可，彷彿面前有位法官，他們覺得有必要好好解釋自己的情況。

這場紀錄片的觀眾已經不多，但不是人人都堅守到散場。片中記錄的禱詞揭露的，是寂寞、自疑、悲傷的深度。每個禱告的人似乎都渴求著愛——從未尋得的愛；生怕就要失去的愛。儘管片中這些人年齡不同，背景各異，卻有兩件很重要的事是一樣的——宗教和國籍。倘若導演用不同組的人來做實驗，找非奧地利人、非天主教徒來拍，結果還會一樣嗎？我覺得會。看著電影，聽著禱詞，我覺得自己見證著人生百態。

拍這部片子的人想讓觀眾（或說偷窺者）省思的兩個問題是：禱告是什

麼？神真的在聽嗎？我呢，散場時我想到了一句流行勵志語：要善待他人，因為你遇見的人都在與困境搏鬥。

大家常說這是柏拉圖的名言。

我看完那部紀錄片沒多久，有天正巧在收音機上聽到電影人約翰・華特斯的專訪。有人請他推薦幾部片子，他馬上就點名《耶穌，祢知道》，還說這是他最喜歡的賀歲片（那時正逢聖誕假期）。人真的很討厭耶，約翰・華特斯說。這部電影就是要告訴大家，假如真有什麼至高無上的神，一天到晚得聽大家禱告，祂應該會瘋掉吧。

III

我去了健身房，它就在我家附近，我多年來都去這一間。那邊也有些像我這樣的老客人（最起碼消費資歷和我一樣久），所以去了總是會碰到一些熟面孔。我對其中一個人特別好奇——這麼多年來，我不管哪天哪個時候去健身房，那女人總是在。我們從來沒變成朋友（就算我們交換過姓名，我也早忘了她的名字），但要是在更衣室碰到了，大多會聊上兩句。我記得我們頭一次聊天的話題，是大衛・福斯特・華萊士寫的《無盡的玩笑》，當時她正巧把那本書帶在身邊。我問她喜歡嗎，她說這本書最大的優點是超厚。她可以看很久很久，她說。看個好幾週不是問題。就算不喜歡，這樣至少讓她覺得買書錢沒白花。（我忍不住想到那種買一支就能吃很久的超大棒棒糖。）這女人說她實在受夠了花二十美元買一本沒幾頁的書——三兩下就看完，有時候甚至用不到一個週末。

有時候整本書就只有詩耶，她說。詩集怎麼可以賣那麼貴？誰會買詩集啊？

也沒多少人啦，我一副跟她打包票的語氣。

當時這女人還年輕，我記得應該是還在念書，或者剛畢業吧。她讀藝術學院。她當年的模樣我記得很清楚，因為她長得真是漂亮，連一點妝都不用化，五官就那麼鮮明立體。那時我因此想起一件影壇軼事——有個導演抱怨某童星不該化那麼濃的妝來上鏡，結果有人好心提醒，那個童星根本沒化妝——那是伊莉莎白．泰勒還小的時候。

健身房這女人當年除了天生麗質，還有副天賜的好身材，就算她沒那麼拚命健身，也是凹凸有致。只是經過歲月洗禮，她的容貌變了樣。我是覺得沒到讓人認不出來的地步，但也比一般人轉變的幅度大很多。她邁入中年後身材算是結實，體重卻過重。原本鮮明的五官模糊了，煥發的神采也消失無蹤。沒人比她自己更清楚這點。她坐在更衣室的時候弓著背，裹著毛巾，一臉不滿。他們幹麼非得在這邊裝這麼多鏡子不可？媽的燈幹麼一定要這麼亮？

我對燈也有同感，亮是真他媽的亮。不過她對鏡子的意見倒是讓我有點摸不著頭腦。我向來沒在管那些鏡子。

更衣室這女人很納悶，她每天努力健身，吃什麼都很注意，但體重為什麼還是掉不下來。她說現在的食量已經比以前少一半了，但每年都得再往下減，才不會腫成氣球。再這樣下去，要不了多久，她一天就只能吃一根紅蘿蔔和一個水煮蛋了。其實假如身體不覺得難受，這樣吃也不是什麼壞事，可是她只要肚子一空，感覺就像胃裡有隻老鼠，想把胃咬破了逃出來，有時夜裡還會因此難受到睡不著。她自己也知道這麼講很誇張，可是看她姊得了癌症，一下子掉十幾公斤，她不禁想，真希望得病的是自己。這樣想有那麼誇張嗎？畢竟她一直嫌棄自己的外型，總是奮力和身材對抗，而總是、總是敗下陣來。她因此始終鬱鬱寡歡，比姊姊得知自己罹癌後還鬱悶。但不管怎麼說，姊姊現在已經康復了。

更衣室的女人繼續往下說。以前逛街買衣服多好玩啊，總是讓人心情好。然而現在買衣服卻成了一種懲罰。到了得買新長褲、新洋裝的時候，她必然得試一大堆衣服，才能找到真正合身的，而且從頭到尾都得強迫自己照鏡子。她說自己就那樣站著、盯著鏡中的自己，暗自咬牙。她跟我講這一段的時候也是一邊咬牙切齒，一邊回首當年——她那時好喜歡看自己的身體，不僅從中得到樂趣，甚至看著看著還會嗨起來。

從後面看最糟了，她說。我實在受不了我背面的樣子。衣服要是遮不到屁股，我絕對不穿。

去海灘、游泳、做日光浴——這些事以前多好玩呀，更衣室的女人說。可是如今她在外面絕對不穿泳裝，連短褲都不行。不管天氣有多熱，她說，她總是把自己包得好好的。就算她哪天真的成功減重，回復苗條身材，也不會再讓別人看到自己的身體，她說。儘管她知道和同齡女性比起來，自己的樣子不算太差（其實她清楚自己比她們都好看），但還是搞不懂為何有些女人能幾乎一絲不掛的上街，而且這種人還真多，毫無自覺，更無愧色。她看到有個女的大腿上滿布橘皮組織，肚子的贅肉晃得像吊床，就這樣在海灘上走來走去，她只得別開視線，更衣室的女人說，她連看都沒法看。**與其要讓人用那種眼光看她，還不如死了算了。**

女人的嗓音中有發自內心的恐懼。恐懼、怨恨、痛苦。人生跟她開的玩笑何其惡毒。

你有沒有聽過那個誰誰誰，那張臉不知道整了多少次，她下巴那個小酒窩，其實是她的肚臍眼？我記得頭一回聽到這笑話，那個「她」指的是伊莉莎白．泰勒。

早在變臉功能的應用程式FaceApp問世之前，我記得聽誰說過，每個人年輕的時候（就說高中畢業的年紀吧），都應該有人用數位修圖技術，給他們看一下自己十年、二十年、五十年後大概的模樣。這人說這樣大家至少可以有個心理準備，因為人大多都不願承認自己變老，也同樣不願承認死期近了。儘管身邊永遠不乏這種例子，儘管可能看著家裡長輩走過這段路，他們還是無法接受，不願真的相信自己也有那一天。老、死是別人家的事，人人都會老、死，可就是輪不到他們。

然而我自個兒一直認為能有這樣的心態是種幸運。若在青春年少就深知老去何等悲苦，我覺得就不叫青春了。

前兩天有這麼個事。我和幾個朋友坐在人行道上的咖啡座。有個中年女人站在路緣講手機，嗓門比街上的喧囂還大。我們聽到她說，我是年紀最小的耶。這時有輛車駛過，車窗傳出一個男的咆哮聲：「妳」怎麼可能是年紀最小的？妳那長相好歹也一百歲了吧！

我認識一個老太太，她曾經是個美女。她對這一點的看法是：我們這文化啊，外貌是別人判斷你這個人的重要因素，也決定了別人怎麼對你，這在女性身上更是明顯。所以呢，要是妳長得不錯，是個好看的女孩或女人，就會習慣他人某種程度的關注。妳習慣了讚賞——認識的人欣賞妳，不認識的人傾慕妳，幾乎無人例外。妳習慣了恭維，習慣大家什麼都找妳參與、送妳東西、替妳做這做那。妳習慣喚起他人的愛意。若妳真有絕世美貌，沒得精神疾病，不會目中無人，不是腦袋空空，便會習慣當萬人迷，愛慕成了家常便飯，於是妳覺得理當如此，渾然不覺自己得天獨厚。然後有一天，一切無影無蹤。其實應該說漸漸消散。妳開始察覺某些跡象。妳經過時不再有人回頭注視；與人相遇後再碰面，對方卻未必記得妳的臉。這成了妳的新生活，陌生的新生活——平凡沒人要，一張大眾臉。

曾是美女的老婦說，她聽到有些女生埋怨自己不管去哪裡，總有男人色瞇瞇盯著她們看，要不就是發出怪聲、大呼小叫——這種表達關注的方式既粗俗又惹人厭。我聽她們這麼講，有時就會想到我剛剛講的這種落差。我懂，她說，因為以前的我也有同感。可是等過了好些年，還有哪個女生會歡呼謝天謝地好高興，再也不會碰到這種人啦！這就像更年期，她說。不必再為月經煩心，終於可以鬆一口氣是沒錯，但說真的，哪個女人頭一次發現該來的時候沒來會開心？

我還記得，曾是美女的老婦說，等自己過了一個歲數的門檻，那日子就像一場惡夢——在夢中，妳認識的人沒一個認得妳。大家不像以前那樣主動找我、想盡辦法和我交朋友。我從來沒落到還得費勁讓人喜歡我、欣賞我的地步。忽然間我變得好怕生，不知該怎麼和人來往。更要命的是我開始疑神疑鬼。有些人很可悲，總是拚命要讓別人喜歡自己，其實大家心裡有數，這種人偏偏就是沒人喜歡。我好怕自己是不是已經變成這種人了？

曾是美女的老婦又說，有天我兒子帶了個朋友回家，我碰巧聽到那個女生說，欸，你媽有點怪怪的對不對。我到今天都不曉得她那樣講是什麼意思，也始終沒去搞清楚是怎麼回事，但這句話把我害慘了。我就是差不多在那時候把自己封閉起來的。當然我還是照常上班、照樣顧家，只是我越來越少和人來往。另外就是，我儘管從沒發胖過，卻再也不想化妝，白頭髮也懶得染了。

曾是美女的老婦說，我還記得這期間最要命的就是內疚。我真心覺得自己變老變醜，真是對不起大家，讓大家失望了。我先生的失望更是不在話下，他嘴上沒說，但也沒掩飾自己的想法。他開始在外面偷吃，那時我就知道，他會說都是因為我不花心思讓自己變漂亮點（當然他指的是變年輕點）。我母親當過模特兒，什麼大風大浪沒見過，她早就警告過我，我這樣下去小心婚姻不保。畢竟先生當年娶我就是為了我的美貌，我和他都心知肚明，這才是他愛的重點，硬要說沒這回事反而可笑。只是，當年他愛的、娶的那個女孩，如今早已不在了——他又哪裡知道，自己會沒有能力對這樣的她生出欲望？曾是美女的老婦說，於是他做了天下男人都會做的事——拋下我另覓新歡去也。朋友再三跟我說（我想是因為他們覺得這樣講我會比較好過），那個新歡像極了二十年前的我，我在她那個年紀就是那模樣。朋友一直說，現在妳可以大大方方去認識別人，肯定會找到不只愛妳外表，也愛妳內在的男人！不過妙就妙在，我還真沒碰過這種男人。

也許我真的就像那個女生說的「怪怪的」吧。又或者，搞不好我這人就是很差勁，很膚淺，不過我常有種感覺，彷彿我早就死了，這個曾經是美女的老婦說。早在很多很多年前我就死了，從那時起我就成了幽魂。從那時起我就為失落的自我哀慟不已，什麼都填補不了那個缺口，就連我對自己兒孫的愛也無法。

健身房那個女人一直想當畫家，我們有天在更衣室碰到時她說的。我覺得我辦得到，但又沒什麼把握，她說，因為才剛起步，還沒機會證明自己的時候，難免會有這種心情。我的老師大多是男的，她說，我記得其中有兩位真的給我很多鼓勵，總是當面跟我說我有多棒。當然啦，他們三不五時會撩我一下，但這也沒什麼好大驚小怪，別的男人也會來撩我，那時候很多男老師都是這樣對女學生，那個年代的常態吧。但我還是忍不住想東想西。我不確定他們是真的喜歡我的作品，或者只是喜歡我。而且有個女老師，她對我作品的評價不像那些男老師那麼高，這一點讓我很在意。不過當時我以為她可能和很多女人一樣，只是想跟我別苗頭，或者吃我醋之類的，還真有個男老師跟我打包票，說肯定是這麼回事。日子這樣一天天過去，我越來越迷糊，她說。我不知道該信任誰，也分不出什麼是真話，什麼是恭維。我對自己的判斷力完全失去自信。這麼說不是想找藉口。倘若成為藝術家是我的天命，我知道什麼也攔不住我。只是如今回頭看，我會想，天哪！這些男人真是！把我搞得糊裡糊塗的。我再也分不清什麼是真的了。

大衛．福斯特．華萊士自殺身亡那陣子，有天我問健身房的女人記不記得，我們頭一次聊天就講到《無盡的玩笑》。她非但不記得，還覺得是我搞錯了。她說她聽過這本書，但很肯定沒看過。我從來不看那麼厚的書，她說。誰有那個時間啊？

IV

女人的故事往往是悲傷的故事。

很多年過六十的人會經常想到變老這回事，A女也不例外。同時她也常回想過去有段時間，「老」似乎是非常遙遠的事，像是一種可選的方案，不是自然法則。她大學畢業後搬到了大城市。那時期的她並不汲汲於找丈夫，連穩定交往的男友也不考慮，她喜歡的是和幾個不同的男人約會。由於她長得漂亮，既愛玩又不特別挑，這目標並不難達成。當然，這種腳踏多條船的日子不會長久，也理應不長久（老實說，神奇的是，也很快就膩了）。她幻想過，等時間到了，她終究會跟那個命定的對象定下來。只是在那遙遠的未來還沒來之前，她偶爾會碰巧看到某種夫妻——某個年紀較大的女人，身邊是個怪老頭，駝背圓肩、所剩無幾的凌亂白髮、皮帶不繫在腰間而是胸前。

看到這一幕，她就會渴盼起那個在遙遠的某天出現、與她相守一生的老男人。照她的想法，那個男人縱使青春不再，仍具備某些重要的特質。首先，他多年耕耘事業有成，後半輩子生活無虞。他有副好心腸，雖年老體弱，風骨猶存。（當然腦袋也很清楚。）他們兩人會一同過著低調卻精采的生活，活得充實而優雅，她是這麼想的：一起去聽音樂會、看舞臺劇、看電影，也出國旅行，但絕對不參加那種恐怖的退休人士旅遊團，拜託拜託。他倆儘管已過了乾柴烈火之年，在遍遊國外城市、異鄉山水之際，凡是見到他們的人，都看得出他們仍是卿卿我我的一對佳偶，她自己也有同感。一年年過去，老人的影像在她眼中益發清晰，恍如他一步步走向自己。然而又過了好一陣子，老人卻彷彿倒著走，影像漸漸模糊。如今她才驀然發現，自己面對的老年，和從前想像的不同了，有個不肯放過她的疑問在腦中迴盪，像是出自一首老歌，或從前上學時非背不可的詩——那個老人在哪裡？噢那個善良親切的老太太在哪裡？有誰能行行好告訴她？

就是這種女人的故事。

另一個故事，背景在義大利的翁布里亞。

某年夏季，B女在那兒租了棟老農舍，每天早晨趁氣溫還不太熱，她會去附近幾座小山丘跑步，也總會在同一個丘頂，有個中世紀瞭望塔遺跡附近，看到路邊停著同一輛車。車主是個老人，拄著杖站在不遠處。老人有隻金毛長耳獵犬，每次看她靠近就會暴衝過來朝她狂吠。每次到這時，始終記不得她是誰的老人就會喊：Signora! Ha paura dei cani?（小姐！妳怕狗嗎？）她每次都會請他放心，說，不會，她不怕狗。

頭幾天早晨，她一方面是出於禮貌，二方面也想到老人或許是希望有人關注，就停下來和老人聊聊。她的義大利語不怎麼靈光，但既然老人總是隔天就不記得她，更別說記得前一天聊的話題，那幾句義語也夠用了。她從兩人的對話間逐漸明白，老人算是退休工人，這輩子都沒離開過這片山丘。他的祖先是農夫，曾在這一區某座城堡管轄的土地耕作。她始終不知老人為何總是開車來這個特定的地點遛狗。老人十分虛弱，就算小心慢慢走，走不了幾步就得停一停。

有天空氣比往常窒悶得多，女人脫下慣常穿在運動內衣外的長袖襯衫，繫在腰間。古老的瞭望塔逐漸映入眼簾，狗兒跑來朝著她吠。Ha paura dei cani?但她跑向老人的同時，覺得有什麼不太對勁。老人顯然一副躁動的樣子。她有點擔心，想說老人是不是熱到了。然而再往前幾步，她就懂了。是的，老人完全懶得掩飾自己的性欲，雙眼在她半裸的身軀游移，一邊嘆道，噢，小姐啊——，還故意把那個「啊」拖得長長的，舌頭也伸了出來，好似模仿在兩人腳邊喘氣的狗兒。

她正想往前走，老人卻冷不防伸手抓住她裸露的手臂，拐杖因此掉到地上也沒管，另一隻手則起勁地摸她的手臂，不斷嘟囔著露骨的話，還喃喃發出怪聲。女人嚇了一跳，一邊留意不要害他摔倒，一邊奮力掙脫他緊抓不放的手，隨即狂奔而去。

要把這件事一笑置之並不難，畢竟這件事滑稽的成分遠大於其他。（她還會跟朋友說，感覺就像被希臘神話中的羊男抓住。）但她心頭始終有種揮之不去的不安。她在整個過程中並未覺得身陷險境，但不代表這老人的行為中沒有暴力成分。或許更令她發毛的是，她從老人當時的表情看出了什麼，卻一直到後來才明白那表情的意思——這老不修非但不覺得可恥，反倒為自己的「性」致沾沾自喜。

這男人即使上了年紀，有點駝了，還是比她高一點點，而且不管他身子多虛，塊頭還是滿大的。不難想像從前他體格必然十分健壯，更不難想像一個精蟲衝腦又具傷害力的年輕小夥子，絕對有能力抓住一個在人跡罕至之地巧遇的女人，而女人肯定無路可逃。

他們之前見過那麼多次，老人都不記得，很難說他會不會記得這次相遇。但無論如何，那天早上之後，女人再也沒停下來跟老人說話。不過每回遇見老人，她都會冒出同樣的念頭。看看這男的，至少八十來歲了吧。沒了記憶，雙腿無力，氣若游絲——然而只消看女性肉體那麼一眼，就可能讓他的世界天旋地轉。當然以他的年紀，想必已經好一陣子有心無力。不過嘛，他還是想要，他仍有性欲。哪怕冒著跌倒、摔斷髖骨的風險（有多少老人因為這一摔，生命畫下句點），他還是得趁機摸上一把。那混濁雙瞳中的野性、那喘息、那喉間發出的怪聲——彷彿在這片映著晨曦的古老碧山間，她遇到的不是人類，而是某種無法控制的力量。

V

她以前不許、今後也不讓自己懷抱的唯一希望就是：倘若近三十年內她都找不到男人——這個男人僅僅對她意義非凡、已然不可或缺；這個男人健壯挺拔，為她帶來她等待已久的謎；這個男人是真正的男子漢，不離經叛道、不畏畏縮縮、不像滿街都是的那種黏人精。假如這樣的人她一個都找不到，那，就代表這種男人根本不存在。只要這種「新好男人」不存在，大家就只好再和睦相處一陣子。要不然還能怎樣呢，在男女尚未釐清各種人際關係既有的糾葛與困惑及鴻溝前，最好還是保持距離，別有牽扯。或許哪天會出現別的機緣，強而有力、神祕、不凡，但也只有那時，世間男女才願再次為之臣服。

或許哪天。然而打從近半世紀前，英格柏·巴赫曼在自傳小說中寫下這些字以來，男女之間只是更加壁壘分明。

糾葛更甚，困惑更深，鴻溝更大。各州分成紅藍兩色。哪來的和睦相處啊。

工地有個工人，後退時不小心撞到人行道上的一個女人，他馬上說對不起。女人朝他吼了些我聽不清楚的話，他回道，我都說對不起了。女人朝他比了中指，繼續往前走。他在女人背後大吼：我跟妳道歉了耶！女人頭也沒回，只拉高嗓門喊，媽的來不及了啦。好啊，男人也大喊。那我收回啊，媽的我才不道歉。

好慘。

我和同桌幾個女伴起了爭執，因為其中一人講起某女的遭遇：有兩個男的朝某女出聲騷擾，某女的回應是把手伸進褲子裡，拉出衛生棉條，朝那兩個男的扔過去。

在座的人只有我覺得某女不該這麼做。

她有捍衛自己的權利呀，其他人異口同聲。

照英格柏．巴赫曼的說法，男女關係的主要成分是法西斯主義。

這樣講太誇張了吧。

就像安吉拉．卡特堅稱，每個傑出的男人背後都有一個女人，一心一意成就他的傑出；每個不凡的女人背後都有一個男人，一心一意扯她後腿。

至今依舊。

妳寫的是給女人看的小說，對吧？男小說家對女性同行說。

噢，我們進入地雷區了。

巴赫曼的短篇小說〈通往湖的三條路〉，收在一九七二年出版的小說集《通往湖的三條路》（德文原書名是*Simultan*〔字義：同時〕）裡，那是她死於火災燒傷的前一年。書中共有五篇小說，五個女人。每人都為某種形式的情緒風暴所苦；每人都對自己在父權社會中的位置深感受困、孤立、焦慮、迷惘，掙扎著想找到一種語言來表達自己受的種種煎熬。

美國芭蕾舞之父喬治・巴蘭欽說，把一群男人放到舞臺上，就只能得到一群男人；把一群女人放到舞臺上，你得到的是整個世界。

把一群女人放到書裡，你得到的是「女性小說」。幾乎所有男性讀者避之唯恐不及，持這種態度的女性讀者也不在少數。

巴赫曼年輕時即因詩作知名，但後來寫起短篇小說，書評家嗤之為「Frauengeschichten」（女性故事），也就是千篇一律的瑣碎小事，女人家關心的話題，八成也只有女人感興趣。（巴赫曼自己最初則是把這本書想成對故鄉奧地利的女性致敬之作。）

約在巴赫曼這本短篇小說集問世之際，美國小說家伊莉莎白・哈德維克正在寫自己的小說，書中有一句：你認識哪個快樂的女人嗎？

結果那兩個口頭騷擾某女的男人，居然是便衣警察，將她當場逮捕。我忘了那個故事是怎麼結束的。

我得知印度東北部某些地方的博多人講的博多語中，有個字叫「onsra」，是形容人在明白與另一人之間的愛注定無法長久後，感受到的強烈情緒。英文裡並沒有相對應的字，只翻譯為「愛最後一次」。這樣解釋實在是誤導。大部分的英語人士應該都會以為「愛最後一次」代表歷經波折，終於尋得永久真愛，好比卡洛・金就寫過一首歌叫〈愛最後一次〉（Love For The Last Time）。不過我頭一次知道onsra的英文翻譯時，完全想成另一回事。我以為這個字指的是已經體會過太澎湃、太強烈而深邃的愛，所以再也無法去愛。

我始終不喜歡「羅曼史」這個類型的女性小說，卻為女性陷入情網的故事深深著迷，尤其是那愛情某種程度背離世俗，或特別坎坷，甚至絕望，或者根本就是著了魔。

《奇愛中的女人》應該可以當這種短篇小說集的書名吧。

就說畫家朵拉・卡靈頓對作家里頓・史崔奇的感情吧。哪怕朵拉早知道里頓是同性戀（也不管他曾向維吉尼亞・吳爾芙求過婚），哪怕他比自己大十三歲，都無所謂。他們的感情一開始是醜聞，之後卻成為傳奇故事。是的，朵拉・卡靈頓（與她代表的這種女性故事）之所以為世人熟知，不是因為她的畫，而是她對里頓無盡而絕望的愛，也因為這份愛如何左右她的一生，最終奪走了她的性命。朵拉為里頓奉獻十七年青春。即使她後來和別的男人成婚，也阻隔不了她和里頓，最後這三人只得住在一起。只是朵拉的丈夫雖不是她心之所愛，卻是里頓戀慕之人。朵拉在同意婚事後，寫了封情真意切的信給里頓，悲嘆命運作弄，讓他倆無緣結為夫妻。後來這三人一起去了威尼斯度蜜月。

里頓死於胃癌後不到兩個月，朵拉舉槍自盡，而且是對著胃開槍。她那時才快要滿三十九歲。這不是她頭一次企圖自殺。「我沒事可做了。」她在自盡前一天對吳爾芙夫妻說：「我做的一切都是為了里頓。」

朵拉家裡沒有槍，就向隔壁鄰居借，跟借糖一樣，帶回一把獵兔槍。（維吉尼亞・吳爾芙寫到對朵拉生前最後的印象是「像隻被遺棄的小動物」。）以朵拉的用途而言，這槍應該不太適合——這代表她死去的過程拖得很長，緩慢而痛苦。

D. H.勞倫斯對這個主題十分著迷——也深信自己是這方面的專家，居然寫了一本小說《戀愛中的女人》，通篇指責朵拉・卡靈頓厭惡「真」男人。書裡有個戀愛中的女人名叫米涅・達靈頓，就是刻意諷刺朵拉（從姓氏可見一斑）。書中設定米涅頗具姿色，故作清純，骨子裡卻是個虛索無度的性變態。此外書中的米涅並不像朵拉是藝術家，而是大有在傷口上灑鹽的意味，把她設定成藝術家的模特兒。

許多年後，D. H.勞倫斯在一篇短篇小說中，又寫了一個看似是諷刺朵拉・卡靈頓的人物，她在書中遭到輪暴，之後自殺。

VI

我又去看朋友。她先前的療程都沒用，腫瘤已經擴散。她又住院了。

我訂了上次住的那間民宿。

屋主傳來的簡訊中寫著，妳會發現我們家多了一個新成員！是隻幼貓，眼睛的顏色好似波本威士忌，全身銀灰色，滑滑亮亮的像隻海豹。

早知道就不該讓幾個孫子幫牠取名字，屋主說。小貓強迫中獎，現在叫「鼻屎」啦。

屋主說小貓是流浪貓。他們發現牠困在大垃圾箱裡。嚴重脫水，全身只剩皮包骨。他們都以為牠活不成。結果看牠現在長得多好！

九條命嘛，我說，同時想到了朋友。**嚴重脫水，全身只剩皮包骨**。

她非常火大，我說我朋友。她氣壞了，看得到的東西都想拿來砸，她說。不是氣上帝。她不生上帝的氣，當然不，她又不信上帝，她說。當然也不氣醫生，她很喜歡那位腫瘤醫師，還有整個醫療團隊，她說，他們為治療她盡了全力，而且始終那麼親切。

那，到底生誰的氣？

對自己，她說。我頭一個直覺是對的，她說。早知道就該順著直覺走，不該害自己受這麼多罪，又吐，又瀉，全身無力——好慘，好慘。而且，到頭來——

不切實際的希望，她說。早知道就不該為了不切實際的希望而動搖。就因為這一點，我永遠不會原諒自己，她說完又突然打住。講「永遠」兩個字，感覺好像代表「還有很久很久」。

繞了這一圈，結果呢？她說。我得到什麼了？幾個月吧，大概。最多一年。不過大概要不了那麼久。

我拚命叫自己不要慌，她說。我拚命保持理智。我可不希望走的時候還不情不願，一哭二鬧的多難看，**噢！不要啊！不要帶我走啊！不應該是我啊！**大發雷霆，耽溺自憐。誰想那樣死啊？怕得要命不說，半個腦袋也不清楚了。

不過話雖如此，講真的，她說她不是會忍的人。她不想經歷那種劇痛。痛真的會讓她卻步。痛才是令她恐懼的關鍵。因為都那麼痛苦了，不可能沉著冷靜，她說。身受那種痛，你根本無法理性思考，你成了急得跳牆的狗，你只想得到一件事。

她又不是年老體衰才變成這樣，她說。她這輩子一直很注重健康，如今想到自己那麼努力養生、固定運動、飲食均衡，只覺得這一切更難以接受。醫生說我心臟很強壯，她說。萬一這代表我的身體想跟病魔纏鬥下去，我是不是就得一直受罪，到嚥下最後一口氣為止？

就像我爸，她說。醫生說我爸只剩幾天了，結果拖了好幾週，他就那樣一直拖著，死前精神已經完全錯亂了。那樣的死太恐怖，她說，也太殘忍。誰都不應該那樣死的。

人該怎麼死呢，她說。給她一本新手指南吧。噢還是別提什麼書了，她什麼都不想讀，也不想做「研究」，她說。講起來還真妙，她說，有陣子我居然還真的想（或者說自以為想）好好充實關於死亡的知識，來個自我教育。我之前對癌症就是這樣，盡我所能的去了解，天曉得我學到的東西還真多，而且大部分的東西都很有意思，甚至相當有趣，她說，我就這樣一頭栽進去，讀到最後連自己在看什麼都忘了，這樣講妳懂吧，意思就是有時候我讀得好專心，專心到忘了當初幹麼要研究這玩意兒，讀書最棒的不就是這一點嗎，可以讓你渾然忘我。但現在完全不一樣了，她說。關於走向死亡的過程，或死亡這件事，乃至偉大的思想家、哲學家對死亡的看法，這些我一點都不想看。妳大可跟我說世上哪個奇才寫了一本超厲害的書談死亡，但我連碰都不會碰。我根本不在乎。同樣的，我也一點都不想寫自己經歷的這些事。我不想到這輩子的最後關頭還陷入同樣的掙扎，掙扎著找尋對的字——這麼一想，這還真是我一生最大的詛咒啊。她說，我也很意外自己會有這種想法，因為一開始我認為當然應該把這段過程寫出來，那就寫吧，寫我的最後一本書，寫關於人生盡頭的那些事，或者說「那件」事，套亨利・詹姆斯的話，「那件尊榮的事」。我覺得怎麼可能什麼都不寫？我朋友說。可是我很快就改變主意了。我改變了主意，朋友又說了一次，而且我很清楚不會再反悔了。想到要寫自己受的這些苦，讓我難受到想吐，她說。我本來就已經難受到想吐了不是嗎，而且是名副其實的難受得要死，怎麼還會想到要寫下來啊，她說著呵呵笑起來。妳看，我又鑽起文字牛角尖了。不過我的意思是，她說，我已經受夠了。我咬文嚼字的日子也夠了。我受不了寫作，受不了字斟句酌。我講得也夠了——我話還真多啊。我真希望——妳知道我在說什麼嗎？

我請她放心，我懂她的意思，她應該繼續講下去。

我決定了，除非我對死這件事發現了什麼新想法，才會寫，她說。反正也不會有那一天了。

好死，她說。大家都知道「好死」的意思。沒痛苦，或者最起碼不要在劇痛中抽搐死去。走得泰然自若，帶著些許尊嚴，乾淨俐落。只是人能這樣走的機率有多高？其實並不常見。為什麼會這樣？為什麼這是過分的要求？

她說，換妳講吧。我再也受不了自己的聲音了。

我就像上次一樣，盡量講些平常的話題。我讀了哪些書、看了哪些電影等等，但總是講著講著便陷入沉默，她因此有點惱了，又講起自己的事。

妳知道昨天誰來看我？

她講的人我沒見過，只是耳聞而已。她和那男的早在讀新聞學院時就是好友。男人後來因幾樁性方面的不當行為事件被告（其中一件是和系上助教有染），而且在正式被告後沒多久，就被任職的報社開除，學校的教職也丟了。

他這人一直就那德性，我朋友說。不是有個關於哈維・溫斯坦的爛笑話嗎，說哈維從他娘子宮鑽出來的時候，還順手摸了他娘一把。這傢伙就是這樣，二十幾歲就是頭老色狼。這種人啊，老是色瞇瞇盯著別人流口水，兩隻手從來不老實的。嗯，我也不知道該跟他說什麼，我朋友說。不過一眨眼，他這輩子全完了。朋友說這男的曾對她坦承想過自殺。妳想想，他就坐在妳現在坐的地方，說他或許也應該自我了斷，一了百了。接著他突然打住，講起自己從來不顧別人的感受，是個十足的混帳，苦苦哀求我原諒他。然後呢，我朋友講到這裡提高了嗓門，這傢伙居然哭起來。我一直跟他說沒關係，朋友說，因為我實在受不了躺在這裡一直聽他哭哭啼啼道歉。可是我老天啊，妳也知道，怎麼會沒關係，怎麼可能沒關係，朋友講到這裡加重了語氣。

我就是最受不了這個，朋友說。妳也許會覺得我怎麼這麼沒同情心，可是真的，拜託千萬不要在我面前抽抽噎噎哭哭啼啼的，我真的沒辦法，她說。結果現在換我後悔跟他講我病了。可是他畢竟是我那麼多年的老朋友，妳知道，再說目前為止，我也沒跟什麼人提過。老實說，我還真得開始好好想想這件事，不是嗎，我朋友逐一講了要考慮的問題——我該跟誰講，該怎麼開口，還有更重要的，我想見到誰。有好多事得考慮哪。我已經在列清單了。我得跟大家道別，妳知道的。我得——我該開個派對嗎？欸，我是說真的！我應該在臉書上公布消息嗎？我看過別人這麼做。當然也是行得通啦，只是我覺得好怪。很難說我是不是真有那個勇氣貼這種文。

我說她用不著把所有的事在一天之內想清楚，又問她有沒有想過出院之後要怎麼打發時間（假如她真的打定主意就此停筆），以及在哪兒打發時間。有什麼想去的地方嗎？我問她，因為我知道很多人「遺願清單」的第一項就是去旅行。不過早在朋友確定罹癌之前，我就聽過她對這四個字的強烈不滿：有沒有這麼難聽的詞啊？

不知道，她說，虛弱的手在空中揮了一下。我發現有件事自相矛盾，她說。我明知自己要死了，可是人躺在這裡想事情，尤其是夜裡，常覺得時間好像多到根本用不完。

那必然是永恆，我在心裡說，沒開口。

接近永恆，她無聲應和。

有時候我甚至盼望時間過得再快一些，一天能結束得早一點，她說。隨即補了一句：怪就怪在我還常覺得無聊哪。

這往後的日子妳該怎麼熬啊，我心想。

我真的不曉得，她也用想的回答我。

萬一走向死亡的過程無聊透頂，她對我說，那還真有得瞧了。

朋友的手機響起，是她女兒。飛機剛降落，她馬上就到。需不需要什麼東西，她可以順道帶過來？

我利用這通電話的空檔一直深呼吸，努力穩住自己的情緒。

噢妳看，她說。病房窗外下起雪來，才要西沉的夕陽，把雪染成餘暉的粉色。

粉紅色的雪花耶，她說。唔，我可是活著親眼看到了。

牠還是小小貓耶，感覺得出民宿女主人的語氣因為這點盡是得意。有時候牠是真的管不住，皮得很，又喜歡夜裡四處晃。記得把妳的房門關緊，牠就不會去吵妳了。

床頭櫃還是同樣的一疊書，最上面還是同樣的平裝本推理小說。

那個沒殺成太太卻殺了別人的男人，在酒吧認識了一個年輕的女演員，兩人成了朋友。女人從美國中西部到大都市來討生活，一心想成為百老匯明星。她覺得男人個性陰鬱，是個可以把人逼到抓狂的悶葫蘆，但完全不會想到他是個罪犯。男人透過女人，一步步實現了「更有文化」的夢想。女人借書給他讀、帶他去看藝術電影、到博物館看展覽。最最重要的是，在女人的引導下，他愛上了迪斯可舞。那是電影《週末夜狂熱》走紅的年代。想不到這殺人魔舞居然跳得相當好，很快就成了舞林高手。女人鼓勵他繼續鑽研舞蹈，他也一頭栽了進去，一週六天都去上舞蹈課，而且進步神速，令他認真考慮起以舞蹈為業的可能。他整個人生因此脫胎換骨，也從未如此快樂。然而他後來得了嚴重的肌腱炎，不得不放棄舞蹈，他大受打擊，不由忿忿地想，無論自己多有才華，無論自己多努力，一定是因為他的訓練起步得太晚，才永遠無法闖出名號。

這殺人魔一直想到《週末夜狂熱》的男主角約翰·屈伏塔。原來他和屈伏塔有頗多相同之處——兩人同一天生日，同樣的身高和體重，同樣來自曼哈頓郊區，小時候都在舞蹈比賽跳扭扭舞獲勝，兩人的父親都打美式足球。然而兩人的母親大為不同。屈伏塔的母親是演員和歌手，鼓勵他朝演藝事業發展，也一手包辦他剛起步時的訓練。殺人魔因此不僅為腿痛所苦，更折磨他的是一個盤旋不去的問題：倘若他有個像屈伏塔家那樣的母親，他會有怎樣的人生？

殺人魔逐漸把時間都用來生屈伏塔的氣。屈伏塔唱〈夏夜〉時那很「娘」的高音一直在他腦中迴盪，令他心神不寧。要是他有辦法，應該會殺了約翰．屈伏塔。

他沒殺屈伏塔，而是殺了一起練舞的男同學。他某一晚下課後跟蹤那同學到布魯克林的家。他還在河濱公園上了一個大學女生，做完後一時衝動勒死了她。

他目前為止犯下四樁殺人案，但警方沒能找到這些案件之間的關聯，案件各自的調查作業也持續受阻。他則繼續和那個毫無戒心的女演員往來（女演員這時剛在大都市闖出一點成績），也因此認識了女演員在藝文圈的一些年輕朋友。

那貓挪動霧般的小腳走進房來。我根本沒察覺，牠跳上床我才發現。牠來嗅我的臉頰，鬍鬚搔得我癢癢的。牠進房前躺在壁爐邊，此刻全身的毛已經烘得暖暖的，泛著燒木柴的煙味。我就躺在牠身邊，看牠大聲打呼嚕，兩腿推擠著被子——天下還有比這更舒服的事嗎？

我闔上書，關燈。

我有個滿不錯的家，貓說，牠因為一邊講一邊打呼嚕，話講得有點含糊，不過還是滿清楚的。倒也不是說我家多有錢，只是我每天都有得吃，有清潔的水喝，有乾淨的床睡，那時的我不曉得還有什麼比這更好。我是在收容所的籠子裡出生的，貓說。從前的我完全不知道和對的人在一起可以過得多幸福，尤其是到了某個歲數、沒有伴、自己住的女性。

我原本是有人收養的，是為了抓老鼠，不是當寵物，貓說。我第一個家不像這棟房子這麼好，甚至也不能說是房子，那是間店面，大馬路旁邊的一間便利商店而已，老闆是個坐輪椅的老先生，和太太兒子一起顧店。

我很盡責，貓說，我把老鼠都趕跑了，換來的是一張床——其實就是個紙箱，裡面墊了摺起來的破舊浴巾，還有，我的碗始終裝著滿滿的乾飼料。嗯，如此而已，這就是我的生活，我的全世界。這些人大致上是不壞啦，但也不是愛貓一族，差遠嘍，貓說。有天我犯了個大忌，我看那老先生自己操作輪椅，沿著走道過來，就跳到他腿上，沒想到下一秒他就把我往貨架上那一整排早餐穀片扔過去。有了這次教訓之後，我就和他們保持距離了。人對我們貓族真的什麼反應都有，還真奇怪呀，貓說。有人把我們當小小孩一樣疼愛；有人覺得我們的等級比植物高不了多少；也還是有人嫌我們髒兮兮，看到就要打，認定我們沒權利也沒感情，和木頭沒兩樣。

便利商店的營業時間很長，很多人進進出出，貓說，只是我多半待在後面不出來，很少有人注意到我。儘管我自個兒很注意進來的每個人，但多半也只看他們的膝蓋以下而已，懶得抬頭。因為講實話，我們沒有那句諺語說的那麼好奇，至少對陌生人不怎麼好奇，畢竟他們長得都差不多。我剛到那間店的頭幾天，常常想起我媽（想不到我居然是同一窩之中最後被收養的，所以非常幸運，有幾天可以獨占她）。我好想她，也真的想她想到哭。但終究我是貓，貓說，很快就適應了自己的新環境。

不過，在我受了這麼多折騰之後（這中間我再次住進收容所，那裡已經完全沒有我媽的蹤跡，連她的味道都消失了），剛來這裡、進到這間屋子的時候，應該也等於再次回到新生兒的狀態吧，我覺得好無助，貓說，又弱又小又害怕。但這個太太負責打理我的一切，把溫熱的牛奶裝在碗裡給我喝，用打濕的小方巾幫我擦澡，又把我的床鋪了好幾層墊子，又軟又乾淨。我在屋裡走來走去，仔細觀察每個陌生的房間，她都一直陪在我身邊。她的舉動讓我想起有媽是什麼感覺，於是我明白，我找到了第二個母親。

（這時已經不打呼嚕的）貓接著說，事情是半夜發生的，幸好當時店還開著。老闆的兒子一個人顧櫃檯，我窩在紙箱裡睡覺，這時地下室忽地冒出大量的煙。我們馬上衝了出去——老闆兒子其實根本沒想到我，是他衝出大門時我緊跟在他腳邊。我跑過大馬路到對面，就一直窩在那邊，不知該怎麼辦。然後來了幾輛消防車，我實在受不了（那個警笛害我耳朵嗡嗡響了好幾天），就跑走了，我一直跑呀跑，累到跑不動才停下來。那晚很冷，貓說，而且我不習慣戶外的環境，耳朵和腳掌都沒知覺了——真的好怕耳朵和腳就這樣廢了！我爬到一戶人家的門廊底下，就算沒辦法幫自己取點暖，至少感覺比較安全。等天亮了我就動身回家，結果一看，那已經不是家了，只是飄著惡臭、泡過水又燒焦了的廢墟。前門已經上了鎖和鐵鏈，不見我那戶人家的影子。

貓說，我坐在那兒失魂落魄，不知如何是好。陸續有些車駛過，有的車放慢速度，好讓車裡的人傻傻盯著這兒看，但沒有一輛車開到店面的停車場停下，也沒有人注意到我。貓說，我這麼小隻，又是灰色的，沒看到我也很正常。

接著我看到兩輛腳踏車朝這裡來。這兩個騎車的人我認識。壞孩子，特別讓人頭痛的那種，經常逃學不說，還不止一次趁只有老先生顧店的時候，偷糖果棒或洋芋片。老先生坐輪椅，沒法對他們怎麼樣，只能大發雷霆。這兩個孩子還會故意模仿他發火的樣子捉弄他，才騎車揚長而去。

我居然會讓這兩個傢伙抓到，這經過實在難以啟齒，貓說。不過別忘了我那時候有多餓，這樣妳或許就能明白我當下的感受——他們其中一人掏出皺成一團的鋁箔包裝紙，推向我，即使隔了一段距離，我也聞得到那其中香噴噴的肉味。我虛弱成這樣，他一把抓起我頸背易如反掌。另一個傢伙則揪住我尾巴，把我左甩右晃，兩人像惡魔般又是歡呼又是狂笑，接著把我帶到店後面的大垃圾箱，往裡面一扔，蓋上蓋子，朝垃圾箱四面又踢又敲了一陣，等終於玩膩了才離開。

我就那樣坐在又黑又冷又濕的垃圾箱底。箱裡沒什麼東西，但是髒汙日積月累，到處都黏黏的，貓說。我止不住發抖。接下來會怎樣？那兩個沒天良的混帳會回來幹掉我嗎？萬一他們不回來，我又該怎麼出去？我哭了起來，奮力盡量扯開嗓門。我自己聽起來倒是真的很大聲，因為四周空蕩蕩，只是根本沒人聽見，也沒人來，不多久我就沒聲音，也哭不出來了。但我的嘴還是繼續開闔，無聲喵喵叫著，這是貓在自知無望時的反應。

我想必醒醒睡睡了一陣子，貓說，但是好冷，加上飢渴一陣陣襲來，我大多時候還是醒著。醒歸醒，但已經沒辦法保持警覺了。我的腦袋不聽使喚，甚至可以感到自己正在一點點消逝，墮入更深、更黑、更冷的——接著，我聽見一個聲音。

靠，有老鼠。

一抬眼，我看到一個大頭逆光的黑影，大頭後面是藍天。一會兒第二個頭冒了出來，一個不同的聲音響起：不是老鼠啦，阿呆，是貓啦。

噢，哇，第一個出現的大頭說。那我們把貓弄出來吧。

不要啦，另一人說。我覺得那貓生病了，搞不好有狂犬病咧。我們打電話給防止動物虐待協會，讓他們來處理吧。

貓說（這時牠又開始呼嚕起來），就這樣，我居然又回到收容所，在他們照顧下康復了。之後有一天，我和十幾隻貓貓狗狗一起上了巴士，來到一間購物中心。

人家不是說新手會走運嗎，好像還真的應驗在我身上。我頭一次參加認養日活動，就被收養了。當然最棒的好運應該是和我媽團圓，我也一心這麼盼望。不過既然這心願無法成真，那麼退而求其次，就是遇上這個太太了。她是我第二個母親，雙瞳如波本威士忌的銀灰色美貓說。

牠那晚講了好多故事（這貓完全是《一千零一夜》中超會講故事的王后），但這段是我隔天早上唯一記得的。

VII

我去看一個鄰居。這位八十六歲的老太太，打從二十年前丈夫死後，就一直獨自住在我這棟一樓的某間公寓。她之前在我們市政府某部門做行政助理，退休後有陣子在這裡的藥妝店當收銀員，可是她不喜歡站櫃一站就是好幾小時，做了幾個月就辭職了。除了年輕時偶爾幫人顧小孩的零工以外，這女人這輩子就只做過行政助理和藥妝店收銀員兩份工作。我頭一次去看她，把自己畢業後做過的工作一一講給她聽（有些我還得努力回想才想起來），令她大吃一驚。此外令她更震驚的，應該是我說自己沒結過婚也沒小孩。她無法接受不婚不生居然可以是一種選擇，而不是某種詛咒。

她有個兒子住在奧巴尼，一個月會過來看她一兩次，多半是週日，而且總是一個人來。兒子和太太已經離婚。兒子的幾個孩子都有小孩，但這些兒孫輩從沒來看過老太太。老太太又不願意出遠門，所以也沒看過這些孫子曾孫。唯一會出現的就是這個兒子，每月都會有一兩個週日從奧巴尼開車下來，他在那邊的一間律師事務所當會計。

以前有段時間，兒子過來時會帶母親出門走走。我會在母子倆去看舞臺劇或電影的路上遇見他們；有時路過社區的中國餐館，也會透過窗子看到他們在裡面用餐。老太太身高不到一百五十公分又駝著背，壓得下巴都快碰到胸骨了。不過儘管老太太身子虛，這佝僂的模樣卻頗具短小精悍、甚至不好惹的氣勢，像是某種會用頭當武器撞對方的動物。她跟不是小小孩的人講話都得瞇起眼來，彷彿相當吃力，很痛苦的樣子。她兒子長得高瘦，兩人邊走邊聊時，他完全配合母親，不但走得非常慢，身子還得朝母親那邊彎，好似垂柳。遠遠看，這兩人不怎麼像母子，反倒像是父親帶著超胖的小孩。不過最近我都沒看到他們倆邊走邊聊，因為兒子再也無法說動母親出門。之前有段時間他還可以連哄帶勸，讓她至少願意到我們這棟樓的庭院，在長椅上坐一下。只是她坐不住，她很介意面朝庭院的住戶望向窗外就能看到她，即使這些人都是鄰居，她也不願意。一個原因就是無論這些人是不是鄰居，對她來說幾乎都是陌生人。打從她住進這棟樓（我這才知道她住在這兒的時間比誰都久），就沒和哪一戶有什麼往來。雖說她這些年來也是有些自己的朋友，但有人後來搬了家，要不然就是像她先生，和她這輩子幾乎所有的朋友一樣——先走一步了。

這種怕有人看到、有人注視或暗中觀察自己的恐懼心理，開始逐步吞噬她。雪上加霜的是，她生怕有人存心耍她或騙她。

老太太的兒子對我說，之所以會這樣，有部分是年紀大了。大家都知道老人家難免疑神疑鬼，但她覺得有人想存心害她，並不是精神錯亂。她的電話成天響個不停，兒子說（意思是指母親家的市話，她從來沒有手機），詐騙電話一通接一通。當然誰都會接到這種電話，只是人過了一個歲數，好像就成了這種電話最愛下手的目標。打這種電話的人講話都很快，害母親聽得一頭霧水，心裡直發毛，特別是對方直呼她名字的時候。他們怎麼會知道她名字？怎麼會拿到她的電話號碼？她自然也清楚這些人的目的，知道自己得謹慎應對。只是她始終活在一種恐懼裡，她怕這些壞人總有一天會找到方法讓她中計。不久前有則新聞報導，說有個女的因為被詐騙電話騙走所有積蓄，覺得抬不起頭，竟然自殺了，她看到這新聞之後一直很受影響。這個可憐的太太好像是因為生怕家人發現後，會覺得自己笨到居然受騙，然後宣告自己不具行為能力，奪走她的自由。

這就成了我媽現在最害怕的事，男人說。我只要講「老人社區」這四個字，她就會威脅要和我斷絕關係。說真的，以她的年齡來說，她自己住其實過得還滿好的。

這是我和那兒子之間的頭一次對話，兩年前的事吧，就在我們那棟樓庭院的長椅上。我其實從來不去那院子坐的，但那天我不小心把烤箱裡的東西燒焦了，得等屋子裡的那個味道散掉。兒子那天正好來看母親，趁空檔出來抽根菸。那時是夏天，又乾又熱，庭院樹蔭濃密，爬藤玫瑰開得正豔。至於空氣，以都市空氣的標準來說，也算清新了。我已經很久沒接近過抽菸的人，聞到菸味，非但沒有不快，反倒勾起我滿滿的念舊情懷。想起年少輕狂，滿車的青少年、玩通宵的大學生、毒品、搖滾樂、調酒、性。假如這男人沒刻意別過頭吐煙，而是往我臉上噴，我也不會介意的。

母親日常的一天，就是他人沒完沒了的干擾，男人說。恭喜，她抽到最大獎。她最近住過某飯店（其實她這輩子只住過那麼一次飯店，就是六十幾年前度蜜月的時候），符合兌換優惠資格。某個不具名的朋友送她一份謝禮，等她來領喔。她訂購的特殊救生器材已準備出貨。她有資格享用免費旅遊、新信用卡、預先核准的貸款、量身訂做的養生套裝方案、免費的住宅保全系統。她想保住自己的銀行帳號，得先驗證個人資料才行。有個孫兒需要一筆錢才能出獄；還有個孫兒被綁架了，得交贖金才放人。

不是可以去登記「謝絕來電名單」嗎？我問，男人聳聳肩。他登記了母親的電話號碼，但這類電話還是沒少過。我問他母親為什麼不用來電顯示功能，男人淺淺一笑。她有來電顯示功能呀，男人說，可是她好像就是沒法不接。只要電話一響，做母親的就得接。她想知道是誰打來的！而且，儘管這樣想很不理性，她還是覺得，要是就這樣放任壞人逼得她連自己的電話都不能接，那可是天大的罪過。如果接起來不是預錄語音，而是真人，她有時候還會跟對方講話，儘管我提醒過她萬萬不可。她會開始像審問似的一直問，他們怎麼知道她的名字？他們怎麼拿到她的電話號碼？她也會跟他們玩一玩，妳知道，就是故意裝成和藹可親、有點老糊塗的老太太。他們會問她社會安全號碼多少，她就說，喔好，親愛的，你拿筆寫下來噢，是一二三、四五、六七八九。有人跟她說妳孫子在我們手上，她會說，噢沒關係，孫子我有的是，你們手上那個反正我也不喜歡。

我聽到這邊閃過一個念頭，這成天獨自待在家裡的老太太，也許對這種情況其實樂在其中，這一堆電話固然有點煩人，卻也是某種小小的娛樂。這倒是讓我想起以前的某個鄰居，同樣是獨自孀居的老太太，她不時就會來敲我的門，說我很吵。我還真的一頭霧水，因為我沒弄出什麼聲音呀——後來我才明白她這麼做別有含意。她經歷了傷心事，必須有人關注她。

我媽有時候還會勸他們改過自新，男人說。我在現場聽過。她會跟他們講道理，問他們為什麼要傷害無辜的老百姓，幹麼不去找個正經的工作等等。她甚至認定自己真的開導了某些人。上個月她跟我說，有個男的為了自己的所作所為真心向她道歉，答應她絕不再犯。

男人呵呵笑起來，我也跟著他一起笑。他方才那根菸已經抽完了，卻還是繼續坐在長椅上講著話，沒有回家的意思。我想他媽一定會納悶他怎麼出門這麼久，但男人好像並不擔心，又從香菸包裝中抽出一根點燃，我也不怎麼意外就是了。

我是真的很擔心她越來越容易成為人家的目標，男人說。她年紀越大，記性越差，就漸漸會有些狀況。牙刷放在冰箱裡；認不得幾個孫子誰是誰。

再說，畢竟每天都有比我媽更年輕、更精明的人被騙啊。

我想起一個男性朋友的母親住在安養院。我朋友說，每回我去探望她，我媽就會提什麼該找個好女孩定下來了吧之類的。每回我都要跟她說，不對，媽，我是同性戀呀，記得嗎？這樣重複了好幾年。每回朋友去看母親，都得重新出櫃一次。

想到這點真的好悲哀，庭院裡的男人繼續說著，好像老人家碰上的壞事還不夠多似的。我們這社會真的有病啊，不是只有一兩匹害群之馬，是好像外面有大批大批的人，摩拳擦掌就是專挑最弱勢的下手。我真搞不懂。這些壞蛋害得人家一輩子都毀了，自己有什麼感覺？他們用的是別人的錢耶，不管拿去幹麼了，怎麼能花得心安？他們開心過日子，是因為別人受苦——這些人怎麼還有臉照鏡子？他們是怎麼給自己洗腦的？

我開口道，我想這些人應該會說，不過就是錢嘛，他們又沒有真的傷害誰，他們一不殺人，二不強姦，三沒性侵兒童，並不是真的壞呀。我說也許這些人還可以指出某個時間點，說他們自己當年也是受害人，遭受了某種創傷——尤其他們那時年紀還小，根本無力保護自己。當時有誰在意？誰又管過他們死活？我說，他們每個人應該都講得出一堆被騙的經驗，對方讓他們以為自己可以得到某些好處，卻落得一場空。這世界啊，人都是踩著別人往上爬，只為爭個你死我活。人不為己，天誅地滅，就這麼回事。自己看著辦吧。

我說我覺得這些人就是這樣給自己洗腦的。

男人睨了我一眼。好深奧喔，他的語氣中有那麼點嘲笑的意味。妳心理學家啊？

我說我是作家。

有意思，他喃喃道，視線漫不經心跟隨著香煙飄散的痕跡。

我想起希區考克有部電影裡的男主角，人稱「富豪寡婦殺手」。他平日的身分是帥氣的查理舅舅，但有天他大放厥詞，痛批有錢的老寡婦是——「胖到喘吁吁的畜生」，照他的說法，這些人根本沒有權利坐擁財富。「畜生長到太胖太老的時候要幹麼？」對他來說，他害死的那些人根本是「活該被宰」。

由於男人的母親不再出門，他就請人定期送蔬果和生活必需品到母親家門口，又找了到府清潔服務，每週來打掃一次。然而有些東西已經很久沒清掃了，好比窗戶。我開始去老太太家探望她後才發現的。要不是我那天和她兒子在庭院聊起來，應該永遠不會去敲她家的門。

珊迪颶風來襲，我們這棟樓停了好幾天電，做兒子的想到母親自個兒待在又冷又黑的屋裡，坐立難安，幸好至少市話還通。可是，他說，萬一下回再有這種緊急狀況（總會有下一次的），誰知道會出什麼事呢。這些年他一直苦勸母親搬到他那邊去住，彼此有個照應，但她就是不肯。

我媽一直都有點死腦筋，男人說。現在更不用想了，要她搬家和搬一座山沒兩樣。

講到這裡應該提一下，當時我正逢人生低潮，不開心的事似乎比值得感恩的事多了些（聽說要保持心理健康，把值得感恩的事列成清單很有幫助，我就照做了）。人家不是說嗎，要讓自己從低潮中振作起來，有個方法就是幫助他人。再說我和這老太太並不是完全不認識。我同樣在這棟樓住了很多年，她也不是成天關在家的人。以前有段時間我們在大廳或信箱區碰見，還會聊個幾句。我答應男人偶爾去看看他母親，萬一真有什麼緊急狀況，我會關照她。我不覺得這是過分的要求。以前我住別棟公寓的時候，也這樣幫過一個鄰居，她年紀輕但行動不便，大部分時間只能待在家。而且如果真要說實話，我雖然還沒付諸行動，心底的盤算是一來自己可以做點好事，二來又能幫自己打發時間（這總比我在廚房瞎忙好），何樂而不為，說不定甚至還能讓我動筆寫點什麼。我那時的低潮，主要就是因為已經好一陣子寫不出東西。

我和男人交換了聯絡方式，他對我謝了又謝，接著出於禮貌問了一下我的工作——我都寫哪一類的東西？嗯，他來猜好了，一定是羅曼史。

就在那時，我們上方二樓的某一戶，有扇打開的窗傳出刺耳的聲響。有人高喊。女人的高喊聲。我和男人坐在原地，暫且沒作聲，那高喊則逐漸轉為呻吟。

那床想必就在窗戶正下方。不管什麼聲音到了我們這棟磚造樓房的中庭，都會有加倍放大的效應（很多住戶也是因為這個抱怨），這會兒或許還加了麥克風呢。

我和男人一語不發，避開對方的目光，同時起身朝通往室內的入口走去。我走在他前面幾步，拚命忍著不要跑，而那呻吟聲在我們後面緊追不捨，一刻也沒停，越拉越高，帶著節奏，卻莫名像是質問：到了嗎？到了嗎？到了嗎到了嗎到了嗎？就在我們快到入口的當兒，傳來一聲：停！我們都聽到女人大吼。不要！不要！停！

我們有道別嗎？如今我只記得自己飛奔上樓回家，男人還在後面。我衝進家、摔上門、倚著門，眼中含淚，心臟狂跳。

既然答應了要去探望老太太，我覺得說到做到並不難。我猜她應該會想講講話，很多人都是這樣，尤其是寂寞的人，話匣子一開就沒完沒了，即使對陌生人講也無所謂，而且講的事和對方毫無關係。我想她大概會一直講自己的事，講自己走過的這一輩子、從前的記憶等等。我倒是用不著故作認真聽講狀，因為我原本就對他人的生活很感興趣，尤其是各人對過往事物的記憶。我聽過某個知名劇作家說，只要你願意坐下好好聽人說話，就會發現世上沒有真正的愚人，也沒有無趣的人生。我覺得這句話應該沒錯，只是有時你得甘願坐上很長一段時間。如今回顧自己的青春期，想起我和我那些朋友幾乎把對方家中的長輩當空氣，覺得真是不可思議。當時的我們只覺得這些長輩不就是一般老百姓，講的事有什麼意思啊，他們要不是家庭主婦、退休人士，就是每天打卡的上班族，做著我們覺得無聊透頂的工作。一直到後來我才想到，他們正是親身經歷這個世紀某些重大事件的人。他們在最動盪的時期成長，捱過各種苦難，在異鄉或美國深南部九死一生，經濟大蕭條時期無家可歸，打過兩次世界大戰，成為戰俘，熬過了集中營。他們經歷過常人一生中可能遇上的好些絕境，就像我們在電影中看到的人物。只是，我們固然可以透過電影對這類遭遇有個模糊的概念，但這種話題和女生朋友穿的衣服、化的妝比起來，實在勾不起我們半點好奇心。我和朋友聊天時彼此全神貫注，聽對方講與男友交往的細節總聽到出神，儘管每個人的經驗都差不多也無所謂。我有個同班同學的父親曾在聯邦調查局局長胡佛手下做事；另一個同學的母親是急診室護理師。這些人的遭遇才是精采的故事啊——我們夜夜守在電視機前看的不就是這種故事嗎？可是我們不會幻想和這些長輩聊天，萬一哪天他們真的開始講起自己的事，那我們還不如死了吧。

不過後來我懂了，這些長輩即使是與同儕、與其他成年人相處，甚至是對自己最親近的人，也不熱衷談過去的事，特別是傷痕累累的記憶。誰願意記得？又有誰想聽？好像只有作家有資格訴說過去發生的事。

英文的「untold」是個好字。當然，這是指未曾描述、敘述的意思，卻也代表太過、太多，難以形容。未曾敘述的年少往事。難以形容的煎熬。

你有沒有發現，長輩家裡的空氣總是悶悶的。就算把窗戶都打開了，我還是覺得透不過氣。我通常下午過去，老太太總是把百葉窗拉下來，屋內唯一的光就是電視螢幕，而且電視好像從來沒關過。我不想麻煩她為我張羅，所以總是先到街角的咖啡吧買好咖啡和瑪芬帶過去。她顯然感受到這份心意，我也慶幸這讓我有具體的理由上門，我們有了可以一起做的事，有東西可以共享。等瑪芬和咖啡都吃喝完了，就代表是我告辭的時候，這樣也不至於太尷尬。

她實在很會抱怨。大部分時候她抱怨的是我們這棟樓的事：地下室的垃圾越堆越多；管理員修繕的速度太慢，講的英語聽不懂；樓上鄰居的高跟鞋咔咔咔（原句是「她那雙吵得要死的Jimmy Choo」）；小朋友在庭院丟球玩。

她最氣的是偶爾從浴室通風口飄來的貓砂盆氣味。（有次我去的時候聞到了，其實那味道是有人在抽大麻菸，但我沒說破。）我問她年輕時的事，她都不回答。她不想回憶年少時代，她說，那只讓她覺得自己好老。至於我的人生，她毫無興趣。我單身、沒小孩——這算哪門子人生？她抱怨完這棟樓的事，就開始抱怨全世界，大致可以把她的感想歸納成四個字：無藥可救。

夏天又到了，我照原本的規畫出了趟遠門，六週後回來時才知道，我不在的期間老太太住院了，兒子只說是心臟的毛病，而且沒多久就出院了。在我看來她的情況沒什麼明顯的變化，還是在嘮叨同樣的老問題。不過那時總統大選日已在倒數計時，她變得越來越煩躁。這人一看就知道不適任，私德那麼差，還明目張膽做那些個骯髒事，講的話沒幾句是真的，而且根本就是無能嘛，美國人真有可能會選這種人當國家元首嗎？怎麼可以讓這種人坐上全球最有權力的位置？

我鄰居對人類的信念從未動搖得這麼厲害。

那個女的根本笑裡藏刀，她說。比那個可惡的歐巴馬還糟糕。這女的雙手沾滿了血，還是個賣國賊，活該挨槍子兒，我的鄰居說。她怎麼可能爬到這麼高的位子？裡面肯定有什麼陰謀。

我自己對政治從來就沒什麼興趣，鄰居的兒子對我說。現在這兩邊的人我都看不順眼，所以我這次大概就不投票了。但問題是，我媽以前不是這樣的。她以前從來不會為了選舉這麼激動，我小時候她和我爸大多投給民主黨。我媽以前還很支持女性主義呢。不是那種會去參加政治活動的激進派啦，不過我記得她在看那本書（他說書名叫《女性迷思》），我也記得她講到女性解放，說那是很棒的觀念，又說投入職場的女性沒有增加，不是好事。

我這樣講不是腦袋壞掉，男人說，可是我聽我媽現在的言論，實在很像有人趁她住院的時候，在她腦袋裡裝了晶片。她覺得有人存心攻擊基督徒，又說希拉蕊是某種——我也搞不清楚，可是我聽她說過希拉蕊是撒旦的爪牙。問題是，我媽不信宗教那一套，從來都不信，我根本不知道她相信有撒旦。所以她怎麼會講出這種話？還有，現在她愛死福斯新聞臺那個漢尼提，不管話題是什麼，問她要聽漢尼提說的還是親生兒子說的，她一定選漢尼提。這又是怎麼回事？

對不起，男人說，我知道妳這陣子聽她抱怨也聽夠了，不過我想大選之後，我媽就會平靜下來。

結果大選後，老太太還是沒有平靜下來，一樣緊張兮兮。看到有人抨擊基督教信仰、有人和忠貞愛國的美國人作對，一樣怒火中燒。我有次碰巧隨口說漢尼提讓我想到喜劇演員盧·卡斯提洛，老太太非常不高興，好像我這樣講是誣衊漢尼提。

不過說真的，我這鄰居最怪的是她根本不在乎我的反應。她連珠砲開罵的時候，從沒停下來問問我是否贊同她的意見，也從沒問過我對兩名總統候選人的想法，後來我主動講了，她聽了也只是把肩一聳，沒有半點想說服我改變想法的意思。我要是想知道真相，就自己去看福斯新聞臺；要是我不想知道，就自己去死一死吧。

不過大致可以說，去老太太家的時候，我在和不在沒什麼兩樣。我從未感到自己如此多餘。咖啡和瑪芬搞不好是天上掉下來的。我開始納悶自己這樣去看她，對她到底有什麼意義。我想我稱職扮演了某種傾聽的角色，只是彼此之間似乎沒有真正的情感交流。一開始我是基於行善的心意去探望她，再說這也幫了另一個人——把她兒子算進去的話，就是同一件事幫到兩個人。可是假如我開始覺得去看她的每分每秒都很難熬，假如我後悔當初怎麼會答應，後悔怎麼會注意到這母子倆，甚至寧願這女人根本沒生在這世上，那還能叫行善嗎？這豈不正是一般人說的「不健康的狀態」嗎？我每每鼓起勇氣再次按她的門鈴之前，總要焦慮個好幾天，而且一天比一天煩躁。此外有些時候我其實滿怕她的，好比她一氣嗓門就大，身子雖然因為駝背壓得低低的，一對滿是血絲的白眼倒是忿忿地朝我翻得老高，我怕她真的會從茶几的另一端用頭來撞我。

話雖這麼說，但已經去了這麼多次，我不知該如何脫身，也不知該怎麼跟她兒子說（是要說實話，還是編個藉口？），或是跟她本人說（但她真的會在意嗎？），只覺得自己卡在一個既脫序又荒謬的狀態，而且越陷越深。

她兒子最後一次對我說的話之中，有一句是「好悲哀」。假如我媽從來不看電視，男人說，我想她應該不會變成這現在這樣。我想到這點就火大。以她的環境，大可以有個安詳的晚年，對擁有的一切心懷感激。結果現在卻搞得自以為外面有一堆人存心要害她，自己嚇自己，成天對這些假想敵又怨又恨。好悲哀啊，老人的遭遇。我一直跟自己說不是她的錯，我也有可能變成這樣，不過我心裡明白，我寧願在大限之前先死，也不願意變成那種人。

我有個大學老師是高壽過世，他年輕時一心為人權奔走，結果到了生命的盡頭，他僅有的語彙只剩幾個詞（而且只能尖聲高喊），其中一個是「死玻璃」，另一個是罵黑人的不雅稱呼。

我再次出門旅行，這段期間換那個兒子心臟出問題。我是回來後聽另一個鄰居說的。兒子葬禮後不久，那鄰居跟我說，有些親戚來把老太太接走了，去哪兒不知道。老太太大部分的東西都還在公寓裡，但過了一個月，同樣一批親戚來把東西搬走了。沒多久，一對年輕夫妻搬進那間公寓。我沒跟他們說過話，但最近倒是發現他們快要變三口之家了。

要打聽老太太搬去哪兒應該不會太費工夫，我告訴自己這是該做的事，也理應寄封信去慰問。然而發現她走了，我真是大大鬆了口氣，對於自己始終按兵不動，也就沒那麼內疚了。

你受了什麼苦？西蒙・韋伊說，愛鄰居的真義是能夠問對方這個問題。她這句話是用自己的母語法文寫的。這個大哉問用法語一講，聽來完全換了個樣：Quel est ton tourment?

VIII

我和朋友做了我倆畢生最重要的一段談話。朋友一開始先問我有沒有聽過兩件事，其一，愛因斯坦私下寫的某些東西有種族歧視的刻板印象；其二，愛因斯坦是個有虐待狂的丈夫。我說都聽過，朋友說，那我想可以跟相對論說掰掰了。

我很配合地輕笑了兩聲，問她感覺怎麼樣。我覺得她氣色很差，瘦削、憔悴，明顯的黃疸，但和我上次看到她的樣子相比，好像也不算退步。只是這次有了之前沒有的情況——她的手會抖，而且有時光是講話就已經讓她喘不過氣。

我做了件很笨的事，她說。

沒關係，妳有耍笨的權利呀，我說——隨即擔心她以為我的意思是「反正妳快死了」。

她之前答應上廣播做podcast，回答聽眾對「罹患絕症的感受」的提問。朋友說醫院有個社工，不知怎的居然說動她上節目，早知道不該答應的。結果進行得很不順利，朋友的話是「全部亂了套」，部分原因是她當時忍著身上的痛，又因為一直空腹而頭暈，她說那天不管吃什麼都會吐。而且她早該知道聽了這些問題就會火大。或者說，就算問題本身並沒有找碴的意思，她應該還是會被惹毛。

現在要補救也太晚了，她悶悶不樂道。

那又怎樣，管他呢。我話才出口——又怕她以為我的意思是「反正妳快死了」，真希望把那句話收回去。

妳說得對，朋友表示同感。我不該在意的。可是我知道自己時間不多，萬一又沒有好好運用——好比把時間浪費在做傻事上，那感覺真的很差。更別說，我實在不希望別人對我生前最後的印象是出醜啊。

我相信事情沒妳想得那麼糟，我說——這是真心話，我認識的她從來不會給大家壞印象。

我忘了講一下這段對話的背景。地點是一間酒吧。她來訪的幾天前，特別問我可不可以到這間酒吧碰面。我們曾經在這酒吧附近合租過一間廉價公寓，當時還有另一個女性室友，只是我們和她早已失聯。我朋友來訪期間都住飯店，一直說她寧願住飯店也不要住別人家。她不算特別喜歡飯店，但就是討厭住別人家，即使她明明有好些密友住在這裡，她之所以跑這一趟也是想和老朋友聚聚，還有，要是沒有虛弱到走不動（外加「假如我的心臟受得了的話」，她說），還想去幾個當年住在這兒時，對她有特殊意義的地方走走。她回去之前，我們唯一一次碰面，就是在這間酒吧喝一杯。

這裡以前是很簡陋的小酒館，滿滿的都是常客，酒很便宜，至於吃的，只有一些現成包裝的下酒點心而已。店裡有撞球檯和骨董點唱機，抽菸完全不是問題，那時大家都抽，我和朋友也不例外。如今這一帶已是中產階級社區，連帶影響了酒吧。酒單變成一本超大的活頁夾，全是漫天要價的葡萄酒。以前放撞球檯的地方，現在是放西班牙開胃小菜的自助餐臺，而且食材看著不怎麼新鮮。音樂變成了爵士風音樂，而且放得很大聲。吧檯兩端上方高懸的電視螢幕都轉成靜音，一個固定在新聞頻道，一個播體育節目。

這酒吧是這個街區多年來唯一倖存的店家（而且從顧客的數量看來，生意相當不錯），只是曾有的特色已蕩然無存。我們為此痛惜，為此哀嘆。然而這裡依然是我們年少時代的聖地，數不清多少次，我們互相扶持，從酒吧踉蹌走回家，走走停停，在路邊停放的車輛間的空隙嘔吐。妳因此明白在妳嘔吐時幫忙撩起頭髮的才是真朋友。我們來為此舉杯吧。

我不想被折磨到那麼狼狽的時候才走。

朋友這麼說，我並不意外。一來她之前就講過了，我覺得自己可以理解，也接受這大概就是最後的結局。但她接著說了件之前從沒提過的事——她手上有安樂死的藥。一種全然不同的感受忽地湧上，把我淹沒。

我不知該說什麼。

我希望妳說「好」。

「好」——好什麼？

我請妳幫忙，妳說好。

幫——？我喉頭猛地一緊，忍不住大動作倒抽一口氣，她看了只是微笑。

我不是要妳幫忙讓我死，她說。我知道該怎麼做，一點都不複雜。真正複雜的是，從現在到那時之間該做的事。

首先，她說，我也拿不準這段時間會多久。

我們都明白，她希望受的苦越少越好。

不過我也希望越平靜越好，她說。我希望事情都處理得好好的，井井有條。

她想去某個地方，她說。我不是指旅行，那反而會讓我分心，也不是我的目的。而且，要是我真的回到哪個很喜歡的地方，或是以前玩得很開心的地方（好比希臘，她在那邊談了畢生難忘的一段戀情；或布宜諾斯艾利斯，那是她最棒的度假體驗）——嗯，妳也知道人家說的。真的玩得非常開心的地方，絕對不要重遊。其實這個地雷我已經踩過一次，把第一趟所有的美好回憶都毀了。

我大可以告訴她，我也踩過這個地雷。不止一次。

她並不反對來個幾趟小旅行，她說。不過我真心希望的，是找個安靜的地方，不必遠，其實也不應該太遠。也用不著去什麼特別的地方，只要能讓我在那邊安安靜靜，把最後該做的事情做完就好，也思考一下最後該想的事。她趁著一口氣快喘不過來之前，又補了一句——不管要想什麼。

我稍稍鬆開緊握杯子的手。好，原來她要我幫的忙，是找到這個理想的地方。我問她，真的不想待在家，要去一個陌生的地方嗎？

我覺得這樣事情會比較好辦，她說。只要那個地方既舒服，又安全，風景好就好。我之前有不少自己很滿意的作品，還有很棒的想法，都是在家以外的地方完成的，好比當訪問學者、做冥想旅行，甚至待在飯店的時候。我覺得如果去別的地方，身邊沒有非常私人、熟悉的東西，那種會讓我留戀的東西，我會比較容易做好心理準備，把重點放在斷捨離上。

當然我也可能是錯的，她說，我的計畫搞不好只是異想天開。不過我已經考慮很久，感覺就是對了。妳懂我在說什麼嗎？

大概吧，我答道。妳需要我幫忙找個地方，還是幫妳安頓好？

都不是，她說。那個我可以自己來。我已經開始找地方了。

她一隻手放在桌上，另一隻手蓋在上面，好壓住——或說掩飾那陣陣顫抖。

我需要的是有個人在那裡陪著我，她說。當然啦，我會需要一點時間獨處，畢竟我早就習慣一個人，也一直渴望這樣——即使都快死了，這點還是沒變。不過我沒辦法完完全全一個人。我是指，這麼做是前所未有的大冒險——沒人敢說會是什麼樣。萬一有個差錯怎麼辦？萬一什麼都不對了怎麼辦？知道身邊有個人，我比較放心。

我得費很大力氣才能保持鎮定，思考自己該說的話。

我答應妳，我回道。妳不應該一個人。

不過，我沉吟片刻後問，找個和她比較親的人陪她，不是會更安心嗎？像是家人？我們倆在常泡這間酒吧的那段歲月或許曾是死黨，但這麼多年過去，儘管依舊保持聯絡，卻各走各的路，沒什麼交集了。她開這樣的口，我一時還真摸不著頭緒。加上她又講了那個藥的事，我實在太震驚了，還在努力消化。

家人啊，她淡淡說道。嗯，那大概就是我女兒吧——我沒什麼很親的家人。但我不太可能要我女兒這麼做，不行。一來我們原本就處不好，二來就是因為處不好，兩個人關係這麼糟，講得白一點，真要她這麼做，只怕搞得兩敗俱傷。她或許會出於義務而答應，但想到她一直對我那麼有敵意，我不曉得她要怎麼調整自己的情緒。不行，我想不到讓她面對這種狀況的理由。再說她是我遺囑的主要受益人，這樣會把事情搞得更複雜。

負責我們這桌的侍者過來問要不要再點一輪，沒理會我朋友的杯子還是滿的。（朋友之前說她點酒只是做做樣子，說著手朝她點的琴湯尼比了一下。我現在吃這些藥，不能喝酒。妳得幫我們兩個喝。）我自己的酒杯早就空了一陣子。侍者一走，我馬上伸手去拿她那杯。她興味盎然看了我一會兒才說，我知道，如果我說妳不是我的第一人選，妳也不會覺得受傷。

她先問過兩個密友，兩人都回絕了，說無論是哪種形式的協助死亡，他們絕不可能參與，連間接參與也不行。縱使他們都明白她這麼決定的理由，也百般不願她受苦，但還是無法眼睜睜看著她自我了斷卻袖手旁觀。他們一定會設法阻止。不行，他們說。不可，萬萬不可。

人就是這樣，朋友這時對我說。不管三七二十一，就是要妳繼續奮鬥下去。他們不是一直給我們灌輸一種觀念嗎——癌症是病人和疾病之間的戰爭，意思就是善與惡的對決。打這場仗有正確和錯誤的方式，強硬與懦弱的方式，奮戰到底和半途而廢的方式。如果你打贏了活下來就是英雄；打輸了，唔，那也許你還不夠努力。妳不會相信這種故事我聽了多少，說誰誰誰硬是不聽蒙古大夫宣判死刑，結果又活了好多好多年。朋友說，人都不想聽到「絕症」兩個字，也不想聽到「無藥可醫」「無法開刀」這種字眼。他們說這樣講是不戰而敗，還說什麼「只要活著就有希望」「每天都有新的醫學奇蹟」這種鬼話，好像他們平常多關注醫學進展似的。他們還會說，如果妳撐下去，誰曉得呢，搞不好就會找到解藥呀。我從不知道世上這麼多高學歷的聰明人，居然真以為很快就會有治好癌症的方法。

我倒不覺得他們真心相信自己講的事，但顯然相信話就應該這麼講才對。很多人勸我不要放棄工作。妳一定要盡全力呀，這些人說，妳非繼續工作不可。他們的意思就是妳要堅持下去，我朋友說。堅持下去，裝得一切都沒事，也許之後就會真的沒事。就像人家講的，裝著裝著就變真的了。我朋友邊說邊笑，上氣不接下氣。妳或許會因為化療猛長痘痘，嘴裡也全破了，但口紅還是得塗。

大家面對癌症的唯一方法，她說，似乎就是把它變成英雄故事。活下來的人就是英雄，扣掉小孩不算，因為活下來的小朋友是超級英雄。媽的連醫生盡本分救人的時候，都可以說成「採取『英雄式的措施』」Φ。但為什麼癌症一定要是某種對人類勇氣的考驗呢？我對這點實在很有意見，一言難盡啦。大家對我講的全是那些千篇一律的廢話，我受不了，所以再也不上社群網站。有些最廢的廢話還是癌友社群說的咧——把你得的癌症當作上天的禮物、性靈成長的機會；開發你從來不知自己擁有的資源；把癌症當作你在自我成就之路上跨出的一步。拜託喔，誰想在死的時候還聽這些鬼扯啊。

Φ 指為救病人一命而可能對病人造成傷害的高風險療法，如心肺復甦術、截肢等。

她一邊讓呼吸緩下來，一邊故意誇張地打了個冷顫。

等回過氣來，她接著說，這整段過程中有個時間點，要是你確實想聽真話，醫生會直截了當跟你說。無藥可醫、無法開刀、絕症。朋友說，我自個兒倒是很喜歡一個詞，儘管從來沒人用過，就是「致命」。「致命」這詞好。「絕症」（terminal）總讓我想到公車站，然後就會聯想到車輛廢氣，還有鬼鬼祟祟晃來晃去、想拐逃家小孩的男人。不過還是回到我剛剛說的——我做過功課。我很清楚要是順其自然，走到最後會是如何。緩和醫療能做的就這麼多。我覺得一直耗在安寧病房，越來越虛弱，到最後完全無法自理，一點意義也沒有。大家應該能了解這是「我」對抗癌症的方式，她說。我寧願先解決自己，也不會讓癌症解決我。我都準備好要走了，再等下去有什麼意義？我現在需要的是懂得這種心情的人，還要答應和我同一陣線，不會做傻事，好比趁我睡覺，把藥丟進馬桶沖掉之類的。

後來我想到，她說，也許我應該找個目前和我沒那麼親的人，一個我信得過，但不到朝夕相處的程度的人。原本我想到另一個老朋友，而且她正好是醫生，從很多方面來看都算是理想人選。可是她不能拋下病人說走就走。這也是我另一個考量，我朋友說，大家都有工作。

當然我也一樣。不過我朋友隨即說，現在是夏天，學校放暑假。

我開口，但只是沒話找話說——我們要是不在公共場所就好了。

啊，不過我是故意這樣安排的，她說。我覺得這樣我們應該不至於——太過激動。而且想到那次我和妳就坐在這間酒吧的這個位置，討論一模一樣的事，我實在忍不住想舊地重遊。

我完全不知道她指的是什麼。

倫理學概論呀。妳不記得了？老師把我們班分成兩兩一組，每組都得討論指定的倫理學問題。我們這組的題目是死的權利，「生命之神聖」對照「生活品質」的辯論。我們喝了好幾壺啤酒，邊喝邊討論。記得嗎？妳主張人在無論什麼情況下，都有權利了結自己的生命，不單是罹患絕症的情況。這是個人自己的事，不干別人的事，尤其不干國家的事。我還記得聽妳這樣講我好緊張，朋友說，因為妳那時候心情老是很差，偶爾又很衝動，妳講自殺講得那麼慷慨激昂，真的嚇到我了。

我震驚到差點猛地起身。當然這種情況我不是沒見過——某人講起過去的事，還講得繪聲繪影，但其實完全是編出來的。我不覺得我朋友是鬼扯，恰恰相反，我知道她方才這樣講沒有惡意。理由應該是：她用想像力編出一段回憶，以便她在用某個特定角度思考讓她痛苦的狀況時，可以有個前後連貫的說法。我和她確實很有可能討論過人死亡的權利。我當時的觀點也很可能如她所說。也許我在她記憶中確實是個經常憂鬱又衝動的女生。然而我和她從來沒在這間酒吧（或其他地方）一起討論這種課堂作業。我從來沒修過倫理學概論。

然而這些我都沒說。沒錯，我什麼都不要說了。我人不太舒服，已經連續兩杯酒下肚，但讓整間屋子天旋地轉的不光是酒精。

我知道妳在想什麼，她說。妳在想，真不敢相信我們會聊這種事！我要請妳幫的忙非同小可，我自己知道。這是很大很大的責任。妳不用現在回答我，當然，除非，妳的答案是肯定的？

我搖頭。她看我猶豫的樣子不禁說，噢，拜託，妳的冒險精神到哪兒去了？

我聽了還是只能搖頭。

那好吧，她說。我明天就要回去了，等我到家了再打給妳。

我們正要走出酒吧，我停下來說，我最好去一下洗手間。

妳要吐嗎？她問。

大概吧，我回頭道。

要我幫妳撩頭髮嗎？

我剩下兩個地方在考慮，她說。一個在離南大西洋海岸不遠的某個島上，她親戚在那兒有間避暑別墅。親戚打算接近夏末才過去，所以房子之前都空著。她和這親戚並不算熟，但對方一聽到她生病的事，體貼地主動提議她可以去那邊散散心。朋友多年前為了出席一場婚禮，去過那邊一次，也記得那間別墅和海灘有多美。不過即使才剛入夏，島上也很可能會塞滿觀光客，而且要去一趟不算方便。何況，她說，我這輩子最後的時光可不想待在支持共和黨的州。

她因此傾向去另一個地方，是一對退休大學教授夫妻在新英格蘭的家。夫妻倆現在大部分時間出門旅遊，只要房子空著，就用Airbnb出租給短租客，貼補自己的旅費。

我們可以租一個月，朋友在電話上對我說。但不代表我覺得需要那麼久喔。

我有可能慢慢習慣這樣的談話嗎？我連納悶出門期間的郵件該怎麼辦的時候（任由它越堆越高？還是請郵局轉寄？或是先幫我保管？），都發現自己根本開不了口問「我該計畫出門多久」。

我倒沒有特別選哪個日子出發，她說。不過我說我準備好要走是真的，甚至可以說我「等不及」出發了。一來我早就把最後這段日子的事想了又想；二來我已經到自以為能承受的極限了，只是我不知道身體能不能配合。

她停止化療以來感覺好很多，但症狀每天都可能變化，她目前吃的藥雖是抑制症狀，但也有副作用。

無論如何，我都希望順其自然，她說。我有感覺，時間到了我就會知道。

倒是妳——嗯，妳不會知道，她說。我當然也不會大聲嚷嚷說時間到了。

就像主何時會降臨一樣，她打趣說：**那日子、那時辰，妳不會知道。**Φ

Φ 出自《聖經．馬太福音》二十四章三十六節。

計畫守口如瓶。我都走到這一步了，可不希望哪個搞不清楚狀況的傢伙來插手，她說，連一點點干擾都不行，我不想冒這種險。我只想安安靜靜的。

也不會有人知道我們去哪裡。

至於妳，她對我說，最保險的方式就是裝傻，妳就說我從來沒跟妳提過打算要幹麼，妳甚至不知道我有那個藥。

其實我已經跟另一個人講了全部的事，但當下我沒作聲。

退休教授的家是殖民時期風格的建物，朋友看到那照片，就想起自己老家那棟房子。她說兩棟房子都是一八八〇年代蓋的，只是退休教授家小了一點。她對我形容親手賣掉自己從小住到大的家有多心痛，但打從她爸媽過世，她和女兒都無意住那麼大的房子，而且當時那一區已成為過度開發的市郊。總之朋友說她喜歡退休教授家有很多原因，其中之一是那邊重新裝潢時考慮到了長輩的需求。一樓有間大臥室，內附浴室，浴室裡還裝了握把和嵌入式的淋浴椅。以她目前虛弱的程度，加上有時不太能走，能有這樣的設備真的很幸運，她說。此外，原本的主臥室在二樓，和一樓的大臥室分據房子兩端，所以我和她可以保有各自的隱私，她說。（我有這麼多隱私要幹麼，對我而言還真是個想了就怕的大哉問。）

附近幾棟房子之間都有適當的距離，而且這塊地有一邊還緊鄰自然保護區。

那個鎮我不熟，但之前路過，她說。我一直都很喜歡新英格蘭的海岸小鎮。既然我現在又能享受美食了，那邊應該有些不錯的餐廳，是個加分。其實真的不必再考慮了。這地方感覺就是一百分，她說。

她嗓音中那股興奮勁兒——任誰聽了都會以為我們倆在計畫度假。

我傳照片給妳，她說。我們收線後沒多久，就傳來了幾張照片，那棟房子裡裡外外的景致都有。一張是秋季紅葉高峰期紅金相間的院子，另一張是純淨無瑕的雪景。我望著這幾張照片，心神卻恍惚起來。住哪間房子、去哪個鎮，我根本無所謂。她對這些在意的程度，才是我難以承受之痛。

她說家裡還有幾件事情得辦。還要清空一些抽屜、處理一些文件、去見幾個人最後一面。

我們上次在酒吧碰面，已是一週前的事。

開始打包吧，她的簡訊寫著。

我呆板地重複把衣服放進行李箱的動作，這時她的簡訊又來了：謝謝妳幫我這個忙。

我答應她的時候說，為了讓她好好走完最後一程，無論她要我做什麼我都願意。壓在心頭的重擔終於放下，她居然啜泣起來。

才一會兒她又傳了簡訊：**我保證會盡力讓這一程充滿樂趣**。

第二部

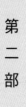

死亡並非藝術家。

——朱爾・荷納，法國小說家

I

那棟房子和廣告上寫的一樣。舒適、乾淨、整齊，還有幾樣別具巧思的迎賓陳設：臥室擺了花；廚房有咖啡、茶、果汁、優格、麵包，和一些廚房該有的東西。額外準備的枕頭、毯子；壁爐用的木柴——處處可見屋主的用心（不愧是Airbnb認證的「超讚房東」）。他們現在到歐洲去了，行前已先給了我們交通路線和大門的開鎖密碼。

我們馬上就注意到屋裡沒有照片——想是和屋主的私人用品文件之類一起放到儲藏室了。不過客廳有一幅十分搶眼的女性畫像，我們猜畫的必然是這家女主人年輕時的模樣。那幅油畫是真人大小，讓人想到約翰·辛格·薩金特畫的肖像畫〈X夫人〉——其實這幅畫很可能正是〈X夫人〉的仿作。畫中的女人宛如白天鵝，頸項極為修長；簡潔的黑色低胸連衣裙，讓她好似駝鳥蛋的酥胸露出上半部（這裡綜合了兩種鳥的比喻）。她一隻手擱在椅背上，另一隻手拿了朵百合花，可說低調融合了情色與莊重。

朋友說，假如這真的是她，我不懂她怎麼受得了。她先生又怎麼受得了。每天對著這麼刺眼的東西，等於強迫回想她以前多青春、多辣。

我聳聳肩。妳知道和同樣的東西一起過久了會怎樣，我說。他們可能早就視而不見了。

是沒錯。不過我可以想像，每回有人頭一次看到這幅畫，一定會問，噢，這畫的是妳嗎？妳知道有些人看到把妳拍得不錯的老照片，總會問：這真的是妳嗎？這種話讓人一聽就皺眉頭，因為這些人等於是讓妳明白，妳早就不是當年的樣子了，那張照片裡的說不定是別人。這簡直是欺負人嘛。問的人應該是沒那個意思，但這樣講真的是給人難堪。

我有同感，這真是情何以堪。但換個角度，我說，也有很多人喜歡把多年前的結婚照擺出來呀。

嗯，擺自己是新娘子的照片是一回事，但這幅畫真是……

算了算了，朋友說。這玩意兒真礙眼。整個客廳的氣氛都不對了。

我們可以用床單遮起來。

朋友大笑。哎喲，不用啦。遮起來不是更教人不舒服。

另有其他畫作散見屋內各處，大多是鄉間景色或海景。飯廳則掛著一張裱框的巨幅黑白照片，拍的是這棟房子，日期標示一九三〇年。

扣掉那幅礙眼的畫不算，我很慶幸這房子樣樣都符合朋友的期望。

現在實地看，這裡更像我以前那個家了，她說。我爸媽該不會找了同一個裝潢設計師吧。不過他們怎麼也不可能把家裡鑰匙接二連三交給陌生人。時代不同了，人真的會變啊。

我也很喜歡這棟房子。整個空間有恰到好處的留白，襯托出做工考究的家具。除了幾件漂亮的陶瓷器外，沒什麼居家裝飾品。我聽說這種舒適與簡潔之間的平衡叫做「極簡奢華」。

下午已經過了一半。我們開車來這邊的路上，因為碰上幾場豪雨，耽誤了一些時間，不過房子映入眼簾的那一刻，陽光正巧露臉，令人精神大振。我們在路上吃了我一早做的酪梨番茄三明治，此刻滿腦子只想著咖啡，於是馬上煮了一壺，然後各自拿著馬克杯回房間。我們之前說好，等把行李安頓了，就去鎮上很快兜一圈，再提前吃晚餐。朋友在出發前不斷瀏覽美食網站，找到一間專賣魚的餐廳，網路評價相當好。很難不把她這麼做想成是為了我。比起之前幾次化療期間，她現在比較能嘗出食物的味道，也不會像之前那樣吐光光，但胃口還是不怎麼好。我準備的酪梨番茄三明治，她花了快一小時才吃完，我只是假裝沒發現。

我過去這一整週都像個醉漢跌跌撞撞，所有的感官都異常遲鈍，但此刻我對周遭的一切卻敏銳至極——從臥室窗戶湧入的炙熱強光；咖啡的香氣與味道；床上鋪著天藍色被褥，放著雲朵般的枕頭；淡褐色木質地板的紋理；地上有塊色彩豔麗的平織薄毯，活潑的圖樣好似歐普藝術。衣櫥和五斗櫃的抽屜泛著薰衣草的香味。（我注意到樓下則是另一種香氣，類似果香收斂水的那種濃香，像是柑橘類的調酒。）

換作別種情況，這裡應該會是個工作的好地方。只是我懷疑自己會不會連瀏覽新聞的心思都沒有。我想像自己在這兒會做的是用串流平台看電影追劇，把這些年錯過又一直沒機會看的好影集全都補起來。我也理所當然覺得自己應該負責煮飯、打掃、跑腿之類的事，該做的我都會做。我清楚自己樂意承擔，唯一的顧慮是這些雜務應該不會多到讓我成天有事做。

我勸自己盡量不去預設會發生什麼。儘管我朋友似乎對自己的決定鐵了心（目前為止我沒看她動搖過），但我心底總有一絲懷疑，覺得事情不會照著計畫走。就算現在我們人到了這裡，也不代表她一定會吃那個藥。畢竟她是來這兒想事情的，想著想著，或許就會改變主意。也許她會決定再緩一陣子。（我碰巧知道持有致命藥品的末期病患，最後大多都沒服藥。）無論如何，對我而言，幻想我們倆大約一週後一起離開這棟屋子，比想像我一個人獨自離開容易得多。

我非常清楚（也因為明白這點而苦）自己雖然答應幫朋友的忙，心底還是無法真正接受（其實顯然還極力抗拒）我們在此的原因。「我」在此的原因。

打從答應朋友要陪她到最後以來，有許多次我卻步了，對自己說真是大錯特錯，此事絕無可能，我其實辦不到。接著我又想到，要收手同樣絕無可能。我想至少應該跟她講一下自己的疑慮，她聽了的反應則是：她反正會照做不誤。

妳要我自己動手嗎？因為我告訴妳，我可沒那個時間和力氣一個個找我認識的人。我只想安安靜靜的。

「我只想安安靜靜的」，這句話她最近常掛在嘴上。

「妳的冒險精神呢？」好像這樣講就能說動我似的！老實說，我答應幫朋友的真正原因是我明白，換作是我，也會希望自己做得到她現在想做的事，也同樣需要別人幫忙。（後來的日子裡，某些時刻總有種感覺揮之不去——現在這些都算是預演，朋友是在為我示範。）

我把行李箱的東西一一拿出來歸位，整理到一半，突然想到應該來寫日記。朋友的女兒是她唯一的家人，卻完全沒參與我們目前進行的計畫，甚至沒人通知她一聲，我怎麼想都覺得不對。我懂朋友的用意，也能理解她或許是對的，但我為此還是很難過，也感到內疚，像是某種程度的背叛。當然並不是說萬一我背著朋友去聯絡她女兒就會遭天打雷劈，只是我希望最起碼能有個可供傳承的紀錄。我認為，等時候到了，和我朋友比較親的人，應該會想知道她邁向生命盡頭的那段期間是什麼樣，她說的話、想的事、有過的感受。既然如此，這本紀錄一定要盡可能鉅細靡遺、正確無誤，光憑人的記性絕對靠不住。我也覺得每天坐下來寫點當日的感想會有幫助——這就和我之前把別的體驗（包括某些非常煎熬的經歷）寫成日記一樣，可以讓我穩住自己，儘管過去的體驗應該都沒有這次這麼特殊。

冒險？假如這是冒險，那我們是經歷兩種不同的冒險，她的和我的完全不同。無論往後的日子我們會如何同甘共苦，各自仍是隻身前行。

有人說，人來到世上時至少有兩個自己，但走的時候只有一個。人人固然皆有一死，但死始終是最最孤獨的人類體驗，它沒有凝聚我們，反而令我們各自孤立。

「非我族類」。有誰比垂死之人更適合這四個字？

我應該寫張清單，我心想。打從這一切起了頭，我已經列了好多單子，沒完沒了的待辦事項清單——史考特．費茲傑羅曾說，人到了崩潰邊緣就常列清單。我的方式則是先寫好清單，然後不理它，也不會再看它一眼，接著再坐下來寫一張新的。

不過買菜——我們不用買菜嗎？當然要。明天我就去買。這樣的話我應該寫張單子。

等把行李都安頓好，我坐到書桌前，在斜斜的一角餘暉中，寫下該採買的東西，衡量了一下自己目前的狀態，覺得滿平靜的，感覺很好。房間一角立著美麗的骨董全身鏡。「我會撐過去的。」我對鏡子用篤定的口吻說，意外發現這一句竟是個文字遊戲Φ，不禁微笑，然後便下樓去。

只是一下樓，就見到朋友癱坐在廚房桌前痛哭，我平靜的狀態頓時瓦解。

我最先竄出的念頭是她改變了主意。我們平安抵達了，她才發現自己終究並不想走這一遭。這一點，我之前說了，我已經有心理準備。

妳不會相信我幹了什麼好事，她大哭道。

我整個人頓時陷入恐慌。難道她一時沖昏頭，就在剛剛把藥吞了？但不可能吧，她不會這麼做。

Φ 原文I will get through this，也可以解釋為敘事的「我」穿過鏡子到另一面去。

我忘了！

什麼？

當然是藥啊，還有什麼？我之前把藥藏起來，妳知道嘛，在我房間，塞在抽屜最裡面。我打包的時候忘了把藥拿出來。

我真是鬆了一口氣，一時差點沒站穩。

我們得回去拿，她說。

當然！我們明天一大早就動身。

不是明天。現在就去。

我不覺得她是說真的。

我得確定沒把藥搞丟了，或是不知放哪兒去了，她說著拉高了嗓門。我要知道它在原來的地方，不是被偷了或怎樣的，沒有無端消失。最重要的，**我要確定這些藥不是我一開始的幻想**。

她緊緊抓著頭髮，我好怕她會像瘋婆子把頭髮扯下來。

我們回去，現在，現在就得回去。

後來，那些藥終於在她目前的臥房有了新的藏身處。我們連續兩晚都去那間很棒的魚餐廳。此時晚餐接近尾聲，我低聲說，她忘了帶藥，會不會是代表對服藥的心情很矛盾。畢竟別的藥她都記得帶——而且真的好多種藥啊！

去妳的，我哪來的矛盾。我跟妳說過絕對不可以這麼講我。

我不記得妳提過。

嗯，八成當時沒仔細講。總之妳錯了。我知道自己為什麼忘了。化療腦啦。

我知道化療腦的意思，但因為我一時沒開口，她就自顧自解釋起來。記憶喪失、注意力下降、精神恍惚、無法處理接收到的資訊。甚至在化療停止後仍有可能發生，甚至可能惡化。認知功能障礙。有可能持續好幾年，有些案例是到死為止。我可以給妳一堆這種例子，她說。

她有次要寄包裹，結果把收件人地址寫成自己家。去買鞋，即使都試穿了，最後還是買到不對的尺寸。後來買長褲也發生同樣的情況。東西接二連三不見蹤影：鑰匙、皮夾、手機。

我不管寫什麼，都得校對個一百次，她說，每次至少會發現一個之前漏掉的錯誤。無論什麼事，我再也不相信自己的判斷了。我心裡明明想著給司機百分之二十的車資當小費，最後昏頭昏腦給人家二十美金。

我當時很想問她，那她又怎能相信帶我們來到此地的那個重大決定？她怎麼知道那不是化療腦作祟呢？

II

有些巧合真的很神奇。

我點了下手機螢幕看時間。手機就擺在我桌上那堆書的最上面，那本是班・勒納的小說《十點零四分》，手機上的時間也剛好是十點零四分。

我把貓靠在肩頭抱著，一邊讀著某部新片簡介。瞄到「吸血鬼」三字的那一瞬間，從不咬我的貓，朝我的脖子一口咬下。

哥倫布日那天，我看到自己的支票帳戶餘額恰巧是一千四百九十二美元。

新聞報導兩個男人發生激烈爭執。一個白人和一個黑人。白人姓布萊克（Black，黑）；黑人姓懷特（White，白）。

而此時此地，這棟房子的客廳書架上出現了一本書——**承派翠西亞・海**

史密斯與喬治．西默農之風，以七〇年代紐約黑暗面為背景的心理驚悚小說。

光是這本書出現不算多神奇，很多人會買同樣的書。真正神奇的是有人在書頁摺了角，而且正好是我上次停下來的那一頁，也是一個新章節的開頭。

殺人魔男主角喝酒喝很凶。他新交的那群文青朋友迷上一個流行說法，相信抽大麻可以治酒癮，但他向來和毒品保持距離。有天朋友讓他吃了一塊布朗尼，卻沒跟他說裡面有大麻成分。他從此對大麻貪得無厭，但酒也沒離手，於是養成了兩種癮頭。女演員看他舉止越來越不對勁，開始後悔怎麼會和他做朋友——尤其他居然還勾引女演員的死黨。那個死黨瘋狂愛上他，卻慘遭凌虐，始亂終棄。然而這男人的罩門還是殺人的癮頭。他的偏執狂越來越嚴重，越來越無法控制自己，導致行為脫序，有人因此隱約懷疑他可能認識那個在公園被勒死的女生。女演員自己也被他強暴後報了警，說明自己懷疑男主角的原因。之後女演員運用自己的演技為男主角設了圈套，誘他講出實情，而且全部被警方裝在女演員家的錄音設備錄了下來。男主角原本還要殺她，所幸她驚險逃脫。

殺人魔在審判期間知道自己的案子備受矚目，幻想可以把自己的經歷出成書——變成暢銷書，然後改編成電影。他忽地想到，不管誰來演電影中的他，演技一定要好，還得舞藝高強。想當然耳，最適合的人選就是約翰·屈伏塔。於是男主角就這樣收場——被判無期徒刑，幻想著自己躍上大銀幕，只是由約翰·屈伏塔扮成他而已。

這本書還剩下最後面五十頁，但殺人魔的命運既然已經定案，我也沒非要在此刻把書看完不可。我猜接下來的劇情應該會有什麼轉折吧，只是我不怎麼喜歡推理小說的轉折。

購物中心裡有間書店。我們路過進去逛逛，朋友比我還先發現——欸，看看誰要來了。

嚴格說來地點是隔壁的鎮，該州州立大學的某校區。主題是「局勢可能會多糟」，是關於全球危機的研討會。

海報上寫的活動日期是當天的隔週。

有些巧合真的很神奇。

妳有興趣聽嗎？朋友問。

我回道，之前不是跟妳講了嗎，我已經聽過啦。演講根據的那篇文章我也早就看了。

對喔，她說。我忘了。

這樣講希望妳不介意，我一直都覺得他是個爛人，她又說。

朋友說有些男記者就是愛咄咄逼人、自命不凡，自認有權為所欲為，他就是這種人，接著又滔滔不絕點名幾個這一類的人。

儘管如此，他仍是我遇上困難時求助的對象。他是我傾訴一切的對象。

等這場煎熬結束了，他也會是我打電話通知的人。只是這些就先不說了。

朋友算是我認識的人之中最愛看書的，只是她已經好一陣子什麼都看不下。打從診斷結果出來之後就這樣，她說。她習慣同時看好幾本書，還巴不得趕快換新的一批看，這次是她這輩子唯一的例外。

她跟我說，她嘗試重讀以前看過的書，都是曾經對她意義重大的作品。可是以前那種魔力不見了，她說。我最愛的作家、最愛的書——對我都沒有以前那種作用了。我實在沒那個耐性。這和看寫得很爛的東西真的沒什麼兩樣，妳知道。看著看著我會一直想說，**你跟我講這些幹麼啊？**

我跟她說有個作家，在某本文學期刊的部落格上寫到去拜訪以前的老師。這位教授熱愛現代文學，讓當時還是學生的作家深受鼓舞與影響。如今教授必須坐輪椅，又有大把空閒時間，便重讀起幾位現代文學大師的作品——福克納、海明威、史考特·費茲傑羅等等。作家問教授，這些作品經得起時間的考驗嗎？老教授的回答是否定的。他的評價是，就像完全空洞的表演。**根本沒那個價值**。

但不光是看不下書的問題，我朋友說。我已經不知道該把注意力放在哪裡。就拿音樂來說吧，真的很怪，以前各式各樣的音樂我都喜歡，她說，現在卻聽到音樂就煩。誰想得到有這一天？

大部分的流行歌曲聽起來都一個樣，乏味得要命，她說。歌詞又那麼空洞（怎麼就沒人打破這個慣例呢？她問），以前她不怎麼在意，現在想到這點就鬱悶。

最近很多古典音樂也讓我心情低落，她說。過頭了。太嚴肅，太動人。而且同樣，太悲哀了，我受不了，她說。

我聽了很是訝異。這陣子古典音樂也開始讓我心神不寧，原因和我朋友差不多。我深愛過的音樂，能撫慰、療癒我的音樂，居然再也聽不下去。我完全不懂怎麼會變成這樣，卻為此而心碎。

這棟民宿的屋主熱愛老電影，收藏了大量ＤＶＤ。我們在其中發現一部電影叫《明日之歌》，兩人都沒看過。我想起小津安二郎的傑作《東京物語》就是受了這部片子影響，迫不及待放來看。

背景是美國經濟大蕭條時期。一對老夫妻失去了自己的房子和畢生積蓄，被迫投靠幾個孩子。老夫妻不想成為兒女的負擔，為這個家打拚了一輩子的男主人，甚至竭盡所能想繼續扛起養家之責，然而以他的年紀始終無法找到工作。對做兒女的來說，必須應付亟需照顧的二老，確實是個負擔，他們也懶得掩飾自己的嫌惡。結褵五十多年始終恩愛的老夫妻，實在很難接受兩人得分別去不同的孩子家住，但對兒女而言，分擔照顧二老是唯一合理而可行的方法。原本分別只是暫時，但後來父親被迫搬去其中一個女兒家，距離和兒子媳婦同住的母親甚遠，此行很可能便是永別。孩子為父母安排了餞行晚餐，但老夫妻一來因為兒女不孝深受打擊，二來想在老先生搬去加州前，好好珍惜所剩無幾的二人時光，於是夫妻倆決定不去晚餐，用自己的方式度過這一晚。兩人一起去了當年度蜜月的飯店用餐，之後到了老先生要搭火車離開的時候，兩人故作堅強，彷彿這不是夫妻倆此生最後一面（先生會在加州找到工作，再接太太過去，兩人很快就會團圓，永遠不分開），只是這兩人最後的結局大家（他們和我們）心知肚明。

奧森．威爾斯稱此片是「史上最悲傷的電影」。

我和朋友並肩坐在沙發上看完這片，哽咽著緊緊抓住彼此，宛如兩人為了不讓對方溺斃，奮力做著無望的掙扎。

話雖如此，我們並不後悔看了這部片。故事無論多悲傷，只要講得精采絕倫，還是能讓你精神一振。

屋主顯然非常喜歡巴斯特．基頓演的喜劇。我們看了巴斯特．基頓跑下山坡、躲過亂石崩塌、奮力把醉倒的太太抱上床、逃離一整隊警察追捕、被拳擊臺的繩索纏住、奮力把醉倒的太太抱上床、被不同的大塊頭男人欺負、和一頭好大的褐色母牛溫馨互動、奮力把醉倒的太太抱上床。我們看著巴斯特．基頓跌倒、跌倒、再跌倒；看他把醉倒的太太放上床後，床又整個塌下來。我們笑了又笑，哽咽著緊緊抓住彼此，宛如兩人為了不讓對方溺斃，奮力做著無望的掙扎。

朋友練了好多年瑜伽——甚至當過兼職瑜伽教師。這鎮上有兩間瑜伽教室，開兩種不同的瑜伽課程，但她都沒有興趣。她做瑜伽的原因和很多人一樣，主要是為了保持身體健康，和心靈覺知毫無關係。她說不管大家對外的說法是什麼，她可沒見過哪個認識的人因為做了瑜伽而性靈成長、道德品格提升之類的。她認識的瑜伽族可多著呢，卻沒見過有誰是大家公認因為做瑜伽而變成更好的人，她說，除非「變成更好的人」指的是自我感覺更良好。硬要說的話，她倒是看過有人變得更加自私自利，有些接受心理諮商的人也是這樣。總之現在的她再也不必在乎健不健康了。她確定罹癌之後，唯一喜歡的運動就是走路。我們會看她的狀況，一起到鎮上走走，或穿過那塊自然保護區，儘管有些日子她必須走得很慢很慢，也有不得不沿路坐下休息的時候。我們大多一塊兒出門，不過有時我清早起床，她已經走了，自己一個人。她常常很早就起來，多半是天亮之前。我有時會覺得她整夜都沒睡，但她堅稱自己睡得很好。面對死亡的人常怕失去意識、怕黑，但她都沒有，她覺得那是因為她不怕，因為已經有離去的心理準備。她發現雖然聽音樂的樂趣變了，鳥鳴帶來的愉悅卻未曾稍減。那是她樂於大清早起身去自然保護區的主因。天堂肯定有鳥鳴，她說，假如真的有天堂的話。

我對瑜伽也沒興趣，不過倒是找到離民宿最近的一間健身房，和那個書店位於同一間購物中心。服務人員說我可以不必成為付費會員，只要和個人教練上付費課程就可以。要是我每次都在固定時段過去，就可以和同一個教練上課。我其實寧願自己運動，不喜歡有人在旁邊盯著看、算次數，這樣會讓我沒法一邊運動一邊靜靜想自己的事。我常去的那間健身房的那群教練，往往一臉很無聊的樣子。

這個教練緊實的肌肉上爬滿了刺青，卻有張唱詩班小男生的臉孔，聲音也是唱詩班小男生的高音。

我們剛開始上課就不太合拍，因為他叫我「姊」。即使後來他知道我的名字，還是不時會叫我「姊」。但感覺得出他滿認真的，這點我喜歡，而且他從不擺出無聊的表情。他問我一些關於我個人的事，我回得都很簡短，也不正面回答。他發現我的反應之後，就不多問了。我們就這樣上了幾次半小時的課，完全沒閒聊。

妳做過波比跳嗎？

有。

妳覺得妳能在三十秒之內做十下嗎？

可以。

哇，好厲害。妳好強喔，姊。

我喘不過氣。我一邊讓呼吸緩下來的同時，想到了朋友說的，她怕把體能保持得這麼好，只會讓臨死前的過程更加痛苦。這句話頓時宛如長矛，一寸寸刺進我的意識深處。死期將至，已無指望，心只想解脫，身體卻有自己的想法，拚命掙扎求存，而越來越疲弱的心，每跳一下都是喘著吐出：不，不，不。

多不堪。多殘忍。多荒謬。

怎麼了嗎？教練問。

我搖頭，但隨即脫口而出：我一個朋友快死了。

啊，很遺憾，他說。我能幫什麼忙嗎？這句講得好似反射動作，常人一般都會這麼反應，只是如此千篇一律的話，沒人真的願意聽，也毫無安慰作用。但這不怪他，是我們的語言變得如此空洞粗俗、內涵盡失，害我們面對情緒時往往笨口拙舌。高中時代有個老師，要我們讀亨利・詹姆斯安慰朋友葛莉絲・諾頓失親之痛的信。這封信自發表以來，即被譽為展現同情與體恤的經典範例，縱使信一開頭寫的是：「我實在不知該說什麼。」

我們坐一下吧，教練說。地上有張厚厚的運動墊，我們一起坐在上面。

真希望我能抱妳一下，他說。但現在規定是我們再也不許碰學員。主管怕被告之類的。這其實很傷腦筋，因為要矯正學員的動作，還要解釋正確的姿勢，光用講的很難，實際碰到身體真的很重要。

此刻我的臉埋在毛巾裡，肩膀劇烈抽動著。

所以妳只好想像了，他說。想像我的雙臂現在環著妳，給妳一個很大、很溫暖的擁抱。他講到這裡啞了嗓。對不起啊，他說，我從小看到別人哭，自己都哭不出來。

因為你還是個孩子啊，我心底回道，沒開口。

我們兩人都平靜下來後，他說妳來健身真的很棒。運動是壓力最好的解藥。我希望妳知道，只要妳需要幫忙，我都會在這裡。

不過那天之後，我就不想回去了。老實說，我鼓起勇氣重新開始健身，是很久以後的事。

我們道別時，他說，妳要面對這些，心裡一定很苦，我真的很難過。答應我，別忘了好好照顧自己。

我閉上眼，這樣他就看不見我其實在翻白眼。

到了停車場，卻聽見他高聲叫我的名字。

不好意思，他邊說邊朝我跑來。我實在沒辦法這樣讓妳走。他接著迅速瞄了一下四周，確定沒人往這邊看，再給我一個又大又溫暖的擁抱。

回民宿的路上，我幻想著自己跟朋友講這段遭遇的畫面，但隨即打住。我明白自己沒辦法對她說。

不知是誰說的，也許是亨利．詹姆斯，也許不是，總之有人說過，世上有兩種人——一種是看見別人受苦，會想到這也有可能發生在我身上；另一種人則是想，這絕對不會發生在我身上。第一種人幫我們熬過苦難；第二種人令我們飽受煎熬。

III

我去健身房嘍，我對朋友說。馬上回來。

其實我是去見我的前任。我們約好在他研討會演講後的隔天早晨，到鎮上某間海濱餐廳吃早午餐。

我問他演講怎麼樣，他聳聳肩。

「我不接受提問，他們不太高興。有人說這樣會讓大家覺得我很沒膽。以前有段時間我還滿在意這個的。」

「現在不會了？」

「再也不會了。」

「你再也不管別人怎麼看你了。」

「當然還是會啊。不過我跟很多人一樣，已經花太多時間在意別人對我的看法。我的形象，我的聲譽。我不確定過去這些東西是不是真的有那麼重要，或至少有我想得那麼重要。當然啦，我浪費大半輩子思考的事，還有遠比這個更無聊的。我最近很喜歡研究的是——明明有很多更迫切的問題要解決，但都沒人吭聲，那大家都在關注什麼？我很愛看《紐約時報》的官網首頁，從那些個嚇死人的頭條新聞往下捲，一直看到他們的『美好生活版』，還是叫什麼來著——講如何改善儀態；怎麼打掃浴室；怎麼準備學校午餐便當之類的。」

那個版面叫「『聰明』生活」。生活中有些時候，專注在打掃浴室之類的事，能讓我保持心智健全。也有些時候，我能否搞定這些最瑣碎的雜務，似乎成了生活不崩盤的關鍵。還有些時候，一天之中只有某個時刻最最重要，那就是我在工作一陣子之後，找個安靜的地方歇一歇，把早上打包好的三明治和水果拿出來吃。那就是片刻的寧靜。焦慮與低潮暫時不會來打擾。我又有力氣了。這樣的片刻可以讓我繼續走下去。

「我承認我對很多事情的興趣都降低了，已經好幾年了。」我的前任說：「我上次看小說是，噢，我甚至說不出是多久以前。其實我現在看書都是為了工作。電視也是累到什麼都不想做的時候才看一點。我倒是再也不上戲院看電影了。不去博物館、不聽音樂會。當然，也不去度假了。要不是因為出差，我也不出門旅行。」

幾十年來他環遊世界演講，談的都是藝術與文化。他怎麼可能對這些完全失去興趣？

「就算今天全世界的詩人都坐下來寫一首關於氣候變遷的詩，也救不了一棵樹。反正呢，藝術——偉大的藝術對我而言好像是過去的事了。」

「這樣講太誇張了吧。現在活躍的職業藝術家不知道比以前多了多少。」

「是沒錯。只是我們好像再也看不到某種藝術天才了。現在我們身處了不起的科技時代，天才多得是，但最接近現代、有創新精神，又能和莫札特、莎士比亞同等級的藝術家，只有喬治・巴蘭欽了，他還是一九〇四年出生的呢。總之，現在的我絕對不像以前，還相信藝術救世的力量。說真的，有誰會信呢？我們都已經淪落到這地步，還有什麼好指望的。」

「那性呢？」

「嗄？」

「講回你剛剛說的，你對以前很在乎的事情都沒什麼興趣。」

「噢，那個也是。」他回道。「坦白說，我反而鬆了一口氣。很多男人大半輩子想的、做的都跟狗沒兩樣。現在回頭看，講老實話，我的性生活整體而言，只能說難堪，而不是滿足。要是這世上有一種藥吃了就會沒性欲，我早就吃了，至少在我玩得比較瘋的那幾年就該吃，這樣我應該會成為更好的人。總之我現在變得一次只能專注一件事，到了有點瘋狂的程度，是真的。我這陣子寫作和演講都只能針對一個主題，哪怕一直談這個確實讓我覺得自己滿烏鴉嘴，甚至有人因此恨透了我，威脅說要給我死之類的。謝天謝地我現在單身，又一個人住。不過用這種態度對我的不單是陌生人，妳知道。很多朋友都不理我了。我自己的兒子也不太願意跟我講話，因為我知道他太太懷了第三胎的時候，真的嚇到了，連裝客套都裝不來。他不希望我接近他太太，說我會嚇到她流產。」

「這麼說，你已經有兩個孫子了啊。我都不知道。」

「兩個孫子，一個五歲，一個三歲。」

別人都怎麼處理這種場面？有好些年你們共享人生、住同一間房子、睡同一張床、對未來有同樣的（或你以為是同樣的）計畫。你們共度那麼多時光，絕少不和對方商量就自己行動，漸漸到達一種已然分不清兩人之間界線的狀態——

「你身上有照片嗎？」

——然後，多不可思議，居然在同樣的這輩子（畢竟一生何其短暫），有一天你發現，你連另一人生命中最重要的細節都一無所知。

「當然有。不過我知道妳不是真的想看，妳只是客套吧。」

那次在地鐵上——我納悶那個男的幹麼一直朝我笑，之後他主動湊過來，說了他的名字，我才恍然大悟。十幾年前我們剛畢業，一起打造了一個家。我不知怎的，居然沒認出自己此生的摯愛（我這才知道他已婚，剛當了爸爸）同坐這列北上快車，我的正對面。

「可是這樣你一定很痛苦，畢竟你對他們的未來這麼悲觀。」

是那人變了太多？還是我已經把他埋在心底太深，深達六呎之下？

「是真的很難受。」

另一次，另一個前任。我在某間披薩店的窗外看見他在裡面。他忙著滑手機，沒注意到我站在那兒盯著他瞧。我的記憶瞬間回到熱戀與心碎交織的那些年。我後來因為記恨，感慨地把那段時光稱之為「失去的那幾年」。當時披薩店外的我專心一意朝裡望，沒去管某些顧客好奇的眼神，只想知道為什麼我沒感覺了。我想知道，曾經波濤洶湧，何以如今只剩空茫。

史上最浪漫的電影中，女子渴盼與離鄉打仗的男友團聚，縱使她已逐漸忘記他的容顏。我本來會為他而死的，女子說。我怎麼可能沒死呢？

有個影評人稱這部電影是「史上最悲傷的音樂片」。《秋水伊人》。

「你真的認為未來沒救了。」

披薩店巧遇的幾年後，我搭火車去費城看一個朋友，透過前方兩個座位間的縫隙認出他的手，他右手（我只看得到右手）捧著一本書。我該跟他說話嗎？不。我沒換車廂，就只是坐在他後方，納悶著，為什麼我沒感覺了。但我倒是記得很清楚自己曾有的感覺。記得那愛、恨、許下的承諾：再也不會了。我再也不會讓自己的生命與另一個人的生命接在一起——

「妳也聽過我的想法了。」他說：「看看科學證據顯示了什麼，再看這個世界因此做了什麼。這還不夠明顯嗎？再繼續把碳排放到大氣裡，我們全部完蛋只是遲早的事，而且看這個樣子，只會早不會遲。而且說實在的，就算真有那麼一絲希望，那也得看自由民主制度能不能存續下去。要想加速毀滅一個適合人住的星球，沒什麼方式比極右派崛起更快了。看好了，這兩種魔鬼可是聯手出擊呢。」

「可是……」我說：「你認為大家不應該生小孩，那照這個邏輯的下一步，不就是大家開始自殺嗎？因為說真的，我們做的每件事都造成這個問題不是嗎？我們每次開燈、開車，或者這麼說吧，到了現在這階段，我們不管做什麼，都是在消耗資源、汙染地球、毀滅別的物種、禍害子子孫孫。假如我們這一代有一定數量的人願意犧牲、自我了斷——難道沒用嗎？」

「很顯然不會有這種事。」

「很顯然大家也不會不生小孩。」

「不過總會有這一天的。」

「什麼意思？」

「為了擺脫酷熱、缺糧、缺水，會有人自殺的。很多人等不到那天就會動手。」

「你有可能這麼做嗎？」

「我覺得那不是我的個性。我覺得大部分的人即使自認下得了手，還是不會行動。不管怎麼說，我們這一代，就是原本有可能阻止這場大災難的世代，但最悲慘的結果不會是由我們來承受──扣掉核戰不算的話。」

「我剛看了一篇書評，那本書是講有些實驗室人員故意釋出流感病毒，想剷除一定數量的人類，好拯救環境。」

「噢是嗎？那環境後來變得怎樣了？」

「那個書評家沒寫。你知道嘛，不想爆雷。」

「有個王八蛋還開玩笑，說『我』爆雷呢。他在推特上寫：『喔喔糟了，我們這下子都知道地球生物是怎麼滅亡的。』我想他大概以為這樣是很高明的搞笑吧。」

「只是想酸一下吧，我覺得。」

「我報導的是『事實』。結果那麼多人朝我開砲是什麼意思？」

「問題在於你的態度。」我說：「你給人的印象就是脾氣很大、自以為是——甚至說仗勢欺人也行。你怎麼可以一上臺就跟大家說未來沒救了？」

「妳是說告訴大家真相嗎？妳該不會真的相信，在事情演變到無法挽回的那個時間點之前，剩下的這十幾二十年之間，我們會振作起來痛改前非，來個大逆轉吧？」

「我不知道。真相很可怕沒錯，但你說明真相的方式就是不對勁，簡直像是樂在其中，好像做這件事讓你既火大，又痛快。換句話說就是，很明顯看得出來你討厭人類。」

他大笑出聲。「妳是說我的防衛機制。妳真以為我喜歡想像苦難就在未來等著自己的孫子？不過沒錯，我自己也覺得我滿衝的。不說別的，誰能饒得了那些美國人？——我特別指那一票享盡各種既得利益的高級知識分子，居然選了個死不承認氣候變遷的傢伙當總統。還有那些石油業巨頭，其實早就做了石化燃料與全球暖化關聯性的研究，那時候或許還有補救的可能，但這些大企業的執行長卻刻意隱瞞研究結果。在我看來，他們罪大惡極的程度，把全世界所有的種族屠殺事件加起來也比不上。我不知道妳啦，我可是對人類完全失去信心了，我不相信人會做對的事。」

「但你一定還是抱著某種希望，要不然不會一直發表這方面的言論。」

「對，很矛盾，我自己也知道。我想最起碼等孫子長大了，懂得問我『你』當時在哪兒、『你』做了什麼貢獻的時候，我可以問心無愧，正眼看著他們回答。再說，就算我明明知道，要及時叫醒裝睡的白癡人類是不可能了，難道他們不該聽一下真相是什麼嗎？難道他們不應該花點時間，最起碼想一想自己愚蠢的程度有多可怕，思考一下自己原本或許可以阻止、卻沒有阻止的惡行，哪怕是讀一篇文章、聽一場演講都好？說老實話，我現在每次看到新生兒，整顆心就往下沉。我成天火冒三丈，同時又內疚得要命。我現在之所以這麼做，是因為過去我做得不夠多。從前的我把生命浪費在一堆無謂的事情上，不管當時乍看之下多重要，最後證明其實都是小事。」

「你說你無法原諒別人，或者說以後也不會原諒別人，但你希望人家原諒你。」

「對，他們的原諒。我希望我那幾個孫子能原諒我。」

這時有個身穿雙胞胎帆布背巾的女人走進餐廳，胸前和背上各有一個嬰兒。所幸我前任的座位背對入口，沒看到這一幕。

「話說回來——」他說：「這可頌還真好吃耶。」

你最喜歡可頌了，我說，但話沒出口。

妳總是要吃巧克力口味的，他倒是說出口了。

這時話題才轉到我朋友身上。

「我知道她從來都不喜歡我。」他說：「只要我們共處一室，我就感覺得到。不過我還是很敬重她。她那時候是個好記者。抱歉，我用過去式。」

「她不會介意的。」我說，我相信朋友確實不會介意。

「她這麼做是對的，我從沒半點懷疑。」他說：「換作是我，也會希望自己堅強到可以做這種安排。妳這麼做也是對的——而且真的很勇敢，在我看來。」他語氣一轉：「只是我無法想像妳有多苦。」

這該從何說起呢？

我跟他講了朋友忘記帶藥出門，我們又得一路開回去拿的經過。

「我不該笑的。」他說。

「她不會介意啦。」我又說了一遍。

「我們有些時候還真像演鬧劇。」我說：「先是她忘了帶藥出門，接著是幾天前有件事。我之前不是跟你說嗎，她的盤算就是不讓我知道她到底什麼時候吃藥。她說，等哪天妳起床，事情已經辦完了。妳看我臥房的門關上就知道。她睡覺時都會把門稍稍打開，這是以前養了貓才有的習慣，而且關門睡覺會讓她有幽閉恐懼症的感覺，她說。好，那天早上我比平常早起，天還沒亮，我看到她臥房的門是關的。我呢？整個人慌了手腳，好怕自己就這樣暈過去。我去了廚房，到水槽邊吐了一陣，又給自己倒了一杯水，可是我的嘴抖得好厲害，根本喝不了。我坐到廚房桌邊，就這樣崩潰了。我一再一再拚命想穩住自己，但就是辦不到。最後終於勉強喝了點水。我不知道過了多久，應該沒多久吧，不過那時天漸漸亮了。我忽然聽到一陣聲音，接著就看見她慢慢晃到廚房。原來她睡覺時開了臥房的窗戶——她真的很少這樣，因為她老是覺得冷，尤其夜裡，不管外面多熱她都覺得冷。結果不知道半夜什麼時候，風把那扇該死的門吹得關上了。」

「我知道不應該笑的。」他又說了一次。「不過這還真有點情境喜劇的味道耶。可以演成《我愛露西》的〈露西和艾瑟安樂死〉。」Φ

「噢，不騙你，我們自己講起這件事也會笑。」我說：「其實講了八成不會有人信，我們到這邊住之後真的好常笑。但那也是後來的事啦。當時我可一點都不覺得好笑，我真的是氣到渾身發抖，只想把整屋子東西全砸爛，不過最後我妥協了，只往牆上丟了一個玻璃杯。」

「那她有什麼反應？」

「她可冷靜得很，只說：『妳氣我居然還活著，妳真的覺得自己氣得有道理嗎？』接下來，當然啦，你可以想像我那時的感受。不過我也說了，後來我們講到這件事同樣覺得很好笑。她竟然有辦法保持幽默感，真了不起。她甚至還可以從這中間看到正面的意義。她說就想成預先排練嘛。現在妳就知道到時候會是怎樣，妳已經有準備了。」

縱使我已經想了許多次，「面對死亡讓她變得更迷人」這句話我還是不忍心說出口。

「認識她這麼多年，我可以跟你說，從來沒人用『隨和』兩個字形容那女人。」我說：「我原本還很擔心和她相處會是怎樣。結果我們處得還真不錯，好像早就住在一起似的。怎麼了？」

「沒事。」

Φ《我愛露西》是美國五〇年代經典情境喜劇。故事環繞女主角露西和丈夫瑞奇，與鄰居艾瑟和弗列德兩對夫妻的生活。露西與艾瑟成為互相扶持的好友，也一起鬧了不少笑話。

「你那個表情——」

「妳剛剛那句話讓我想到以前，如此而已。八百年前的事了，萬一妳不記得，那就是，妳曾經對我講過一樣的話。」

「我不記得了。」我說，雖然我記得。

「那時我們才剛同居。」他說：「我們的第一間一房公寓。過了一星期左右吧，妳說感覺好像我們早就住在一起了。對不起，我不是有意岔開話題。妳覺得她會再過一陣子才動手嗎？」

「不會。應該更早，隨便哪天都有可能。」

「妳怎麼這麼肯定？」

「我就是看得出來。」同樣的，這要怎麼解釋？「我已經抓到她的步調，而且那種默契非常不可思議。我可能正要問她想不想喝點東西，她就會在那個時候開口，妳幫我倒杯柳橙汁好嗎？我伸手去拿遙控器的同一秒，她會問，我們可以看別臺嗎？」

這樣的默契俯拾皆是。屋裡的氣氛每天都略為不同，每天都多了一絲緊繃，只是那變化無以名之，而我已學會解讀。哪一天都有可能。我難以解釋，卻感覺得出。

「我知道我們已經討論過了。」他說：「不過妳真的要記得做好預防措施。她一定得留下遺書。」（其實那份遺書已經寫好了，放在她床頭櫃抽屜裡，只差寫上日期。一切都在她鉅細靡遺的計畫中。）「還有，凡是有可能讓人認為妳參與這個計畫，或從中協助的證據，絕對不能留下。嗯，這件事除了我們三個以外，沒人知道對吧？妳一定要守住，這件事永遠只有我們三個人知道。她說的沒錯，也許妳之前那個小小的『排練』是好事。妳到時候一定要保持鎮定，千萬別在警察到了之後一五一十什麼都說了。警察會很仔細檢查那間房子，也會問妳一堆問題。妳就照著計畫好的說。還有，妳應該先報警，再打給我。」

「我也得打給她女兒。」我說：「我應該先打給她，再打給你。」

「好吧。不過講話要小心。」

「這實在太離譜了。」我雙眼和喉嚨刺刺的。「真不懂我們幹麼花這麼大工夫討論這些，好像犯罪似的，怎麼搞的啊。為什麼快死的人不該有權利結束自己的生命？」

「總會有那一天的——等老年人和絕症患者越來越多，多到有可能徹底搞垮我們那個隨時都會垮的醫療系統，那天就會來了。到時候醫生會幫妳開處方箋，藥既便宜又好買，而且完全合法，再也不用被逼得偷偷摸摸走地下管道。」

「你真的覺得有這麼一天？」

「這是唯一務實的辦法——也是唯一體恤人的方法，在我看來。」

只是大部分的人都不會選這個方法。我們倆都這麼想，卻沒開口。

我們都知道「人類繁衍是道德上的錯誤」的思維不算新鮮事，這種想法其實遠古時代就有了。反出生主義哲學認為生命就是受苦，有生就有死，把沒有出生決定權的人帶到世上，在道德上毫無正當理由。有個擁護反出生主義的人說，「生命也可能為個人帶來許多樂趣」根本改變不了這點。人沒出生，也就無所謂錯過生命中的樂趣；一旦出生，人就別無選擇，只能承受生命中無數的身心折磨，例如年老、疾病、死去導致的痛苦。「未來可能更快樂，痛苦將大幅減少」無法成為當下受苦的正當理由。而且，照當代某個反出生權威人士的說法，「更快樂的未來」只是幻覺。這名反出生人士說，從以前、現在到未來，主要的問題還是在於人性。改變原本是有可能發生，沒錯。不過有一個條件，就是人類必須是另一個物種。人類不會學習，只會一再重蹈覆轍，他說。「我們被迫接受無法接受的事。人類與其他的生靈必須經歷他們目前經歷的苦難，而且近乎無能為力，這實在令人難以接受。」

有人問這名反出生人士有沒有小孩，他不願回答。

IV

後來我居然對朋友坦承，我那天早晨出門不是去健身房，而是去和前任見面。此外，儘管我答應朋友要三緘其口，還是把事情都跟前任說了。

她說假如是一週之前知道這件事，或許還會很介意。不過她沒問我為何改變主意。

時間。我倆都敏銳地察覺，時間已經演變成不同的要素，和我們跨進這棟屋子之前不一樣了。

之前我們某次散步途中，她說，好怪啊。有時感覺彷彿我們在這兒住了好幾年。

我懂她的意思。不到一週，我們的感情逐漸滋長，比年少的情誼更為深厚。正是這前所未有的親近，讓祕密與謊言再無容身之處。

我從來沒喜歡過他，朋友說。但要是他真有他講的那麼痛苦，那我替他難過。希望自己的孫子從來沒出世，多悲哀呀。不過說句真心話，我很慶幸自己沒有孫子讓我操心。

反烏托邦的前景，或許還會帶來一種現象——大家控告自己的父母，說他們不該把自己生下來。畢竟已經有這麼多的科學研究和警訊，他們的父母不會不知情。**你們這兩個混帳到底懂不懂什麼叫「離世界末日只剩兩分鐘」**？Φ

有時我不用開口問，也不用說一個字，朋友就會回答我當時在想的問題。她原本或許是望向窗外，看鳥兒在餵食器上大快朵頤（我們一天補兩次

Φ Two minutes to midnight。美國芝加哥大學一群曾參與研發原子彈計畫的科學家，於一九四七年創「末日鐘」概念，代表全世界受核武威脅的程度，並以午夜象徵世界末日。後延伸為核武、氣候變遷、新科技等危機嚴重程度的指標。此鐘在一九五三年美俄軍備競賽期間一度調為距末日兩分鐘；二〇一二年以來維持在五分鐘；二〇一八年再次調整為兩分鐘。

飼料），也可能正讀著一直努力想看（卻多半看不下去）的書。她會移回視線或抬起眼看著我，逕自講起來。

好懷念我小時候啊，她說。我那時真是個幸福的孩子，這一點我很感恩，因為我認識的好多人童年都很苦。我腦海中浮現自己從公車站走回家的畫面，手裡的褐色皮革小書包晃呀晃，那真是我最愛的一件物品，要是還留在身邊該有多好——啊，真希望現在就能摸摸它。我看見自己邊走邊唱學校那週教的一首歌。我好喜歡音樂課啊！老師會放唱片給我們聽，再教我們那首歌怎麼唱。我們拉開嗓門高聲唱，不管天才還是音痴，大家都唱得好高興。假如你留意過就會發現，各種高低不同的聲音混在一起，會變成一種很特別的聲音，當然很多人覺得刺耳，可是我這輩子啊，聽到小朋友唱歌就會起雞皮疙瘩，尤其是唱得五音不全的時候。要是他們唱得很棒，好比正式表演的場合，一定會先排練過，那歌聲真的跟天使一樣，她說，可是在我聽來，那種歌聲就是沒那麼放得開，不夠活潑，他們就是唱得沒那麼開心。

她又說，那個我好喜歡的書包，裡面放的都是我珍愛的東西：黑白混色封面的密德牌筆記本、放了糖果色科目分隔頁的活頁夾、原子筆、鉛筆、削鉛筆機、橡皮擦、尺、量角器、夾著鉛筆的圓規——這些東西讓我覺得自己好重要。應該說學校讓我覺得自己很受寵吧。就算無法用言語形容，那感覺我還是記得好清楚，她說。有人願意教我東西，關心我的字寫得好不好、我畫了怎樣的火柴人、我寫的詩押什麼韻。那就是愛。那肯定就是愛，她說。「教」就是愛。某種程度來說，比起父母的愛，那種愛對我的意義更重大。因為我爸媽不管多小的優點都會放得很大，他們倆都不是愛批評的人。只要是我努力去做的事，他們都一視同仁讚美；假如我成績不好，他們就怪試題或作業出得太難。我爸媽不像我那些老師，他們倆分不出「努力」和「成績」的差別，她說，但我沒上當，我知道不能相信爸媽的話，所以老師的意見對我真的很重要。再說我爸媽不是那種想完全參與孩子教育的家長，他們覺得那是學校的責任。我知道很多小孩早早就在家學認字，但對我而言，這個重大的事件（也是我這輩子往上爬的最關鍵的一階）是一直到了上學才發生。

每個教過我的老師我都叫得出名字，她說，從幼稚園開始吧：吉林斯小姐、馬修斯太太、羅培茲小姐、班克斯小姐、戈登索先生、賀西太太、闊克先生。他們每個我都愛。小時候所有的老師我都愛。後來我才漸漸明白，有些老師其實沒我想得那麼好，有人甚至根本算不上稱職，但連這些老師我都喜歡。現在想起來都還是美好的回憶，她說。

（講到這裡，我想起和一個男人的對話，那時他大學畢業不過幾年，而且還是我曾任教的大學。我問他當時上過哪些老師的課，他一個名字都想不起來。）

在我記憶中，我這麼喜歡學校並不是希奇事兒，我朋友說。我記得大部分的同學都很喜歡上課。但我也記得不太愉快的時候，小朋友也會生氣傷心痛苦。我最記得有個女生，把我搞得不知怎麼辦才好。她叫薇妮，同學給她取綽號叫「便便薇妮」。大家都不喜歡她，連我們導師也是，那個態度很明顯，可是我不明白她哪裡不好。她媽倒是真的把她打扮得怪裡怪氣，很像維多利亞時期小說插畫裡的孤兒，全身只穿一件暗色的寬鬆連衣裙，長到過膝——現在回想起來，我覺得那連衣裙一定是自己做的，因為花樣都一樣。腳上則是笨重的牛津鞋，像矯正姿勢穿的那種。可是薇妮從不去煩別人，總是單獨行動，坐時把身子壓得低低的，顯然是不想引人注目。只是偶爾上課上到一半，老師在講話或寫黑板的時候，我們也不知道為什麼，會突然冒出一陣很難聽的聲音，好似動物長長的哀鳴。我們全都轉過頭來，看她坐在那兒，頭往後仰，嘴張得大大的，拳頭緊緊握著又鬆開，嗚嗚哭得好大聲。這一幕固然不忍卒睹，卻又不得不說怪得滑稽，有些小朋友就會因此哈哈大笑。

我嚇到了，卻也看得出神，朋友說。我是個備受保護的孩子——哪裡懂得人的苦痛？我記得自己真的很替她難過。其實我總覺得那就是自己頭一次真正體會什麼叫憐憫。我記得那種感受很怪，似乎同時讓你感覺很差又很好——怎麼會這樣呢？那不僅僅是為某人難過而已——這我之前的經驗已經夠多了。那種感覺格局更大，而且需要採取某種對應的行動。

我有行善的機會！想到這點真是喜不自勝。我要和這個可笑又憂鬱的小小邊緣人交朋友。這樣的天下第一大好人哪裡找啊。我因此深信我的友誼會為她帶來榮耀與好運，必能改變她的一生。噢，我還記得那見義勇為的衝動如電流竄過背脊，我為此興奮不已。

只是薇妮非但不接受我的友誼，更別說禮尚往來。她對我充滿敵意。有天她趁我去洗手間，亂翻我的書包。我很清楚她幹了什麼好事（我回座時她忍不住一直朝我得意地笑），但老師要我們拿出筆記本時，我沒說薇妮偷拿我的本子，反而自願因為「丟」了本子受罰。妙就妙在這件事之後，薇妮終於決定和我交朋友。講到懲罰啊！我們班真的太仁慈了。和她在一起真是苦不堪言。她是我認識的第一個慢性憂鬱症患者，而且她這個病肯定已經很久了。她全身半個活潑的細胞都沒有，心底唱不出歌，腦袋不會做夢。真的是「便便薇妮」啊！和她在一起，就像困在黑漆漆、長了黴的地窖。一直到那個學年結束，她都死纏著我不放。要命的是，別的小朋友就是因為這點才不想和她往來。我得在她和我別的朋友之間選邊站，但事情不是「選別的朋友就好了」那麼簡單。甩掉她得有具體行動，但我就是辦不到——畢竟這段友誼是我主動開始的。我實在無地自容。下個學年她和我分到不同班，我真是大大鬆了一口氣。

妳會回到過去，朋友說。妳的思緒會帶妳回到過去。有把鑰匙，或者說妳覺得有把鑰匙。妳的思緒裡有隻手伸出來往外探——噢不過妳聽我一直講這些，想必也煩了吧。

不會，繼續講，我在聽。我想知道怎麼回事。講嘛。

我好想念小時候，她說。小學三年級，有個男生愛上我，甚至還求了婚。我說真的！有天下課他朝我單膝跪下，說，嫁給我好嗎？我說，戒指呢？應該要有戒指呀。圍在旁邊看的小朋友紛紛嘲笑他。之後大概一週左右，那個男生都擺一張臭臉，不跟我講話，也不跟別人講話。然後有一天他又來了，照樣單膝跪下——這次拿出了一枚戒指。好漂亮的戒指呢！美得閃閃發亮，可是我戴太大了。我原本想用條鍊子把它串起來當項鍊，後來才知道原來那戒指是偷的——他偷了大姊的訂婚戒指！謝天謝地我沒把它搞丟。

我朋友說，有一種快樂是小朋友的專利。我是指小朋友比較有可能完全專注在一件事上。生日快到了，你希望有輛腳踏車，或一隻小狗，一雙新溜冰鞋。隨著生日越來越近，你滿腦子只裝得下這件事。然後生日到了，你的願望實現了，美夢成真了，什麼都不怕了。得到那樣東西就像得到一切。然而過了某個年齡，那種感覺，那種純粹的狂喜——就不會出現了，也無法出現，因為你再也不會只想要一樣東西，到了青春期就不可能了。

（這讓我想到某個朋友的女兒，一心一意就是要芭比娃娃。做媽媽的因為不認同芭比娃娃強化性別刻板印象，原本一直不願意買。後來某年聖誕節，媽媽終於讓步，從盒子中拿出芭比娃娃。六歲小女生樂昏了，滿心歡喜狂喊：芭比！我愛妳！我一直都好愛好愛妳！）

我朋友說，開學第一天是我那一整年最快樂的日子。我還記得前一晚會興奮到睡不著覺。我們每週日都上教堂，但對我來說，學校才是真正的聖地，充滿希望、感恩、喜悅。一週敬拜上帝一次太抽象，但對學習的愛——那才是實實在在的。

不過我想知道，朋友說，為什麼我女兒就不是這樣？我為什麼無法給她像我那樣的童年？我爸媽在她成長的歲月中扮演非常重要的角色，特別是我媽——都是同一個媽養大的，為何我跟女兒就這麼不像？我記得我小時候非常包容，對誰都一視同仁。我喜歡大家，從來不使壞，也會和別人一起玩。我懂得怎麼分享、怎麼傾聽。那為什麼我長大之後會這麼沒耐性？常有人說我受不了笨蛋。沒錯，我真的受不了，聽人家這麼說，我還滿得意的。但想到自己爸媽從不評斷人，總是那麼寬厚，那麼會照顧人——那為什麼我無論當大人還是當母親，就不是那樣呢？我那麼喜歡學校，對老師的回憶那麼美好，自己卻討厭教書，能不教就不教。要是真的教了，也一點都不像我以前的老師，我根本不是個好老師，對學生毫無耐性——同樣的，我過去對大學和研究所的同學也很沒耐性，對大部分的同事更沒有。**冷冰冰**。**很強勢**。**擺架子**。**愛霸凌**。**愛整人的教授**。**賤貨**。這些都是我學生在課程教學評鑑裡形容我的詞。我非但不在意，後來甚至連看都不看了。但如今回首，我卻忍不住納悶，我只要想到以前的老師，都是快樂的、充滿愛的回憶，那為什麼我自己長大成人以後，這麼鄙視教書？

我快沒聲音了，她說。（她已經滔滔不絕講了好幾小時。）妳一定也聽到不想聽了吧。

我搖頭。其實我聽得入迷，全神貫注每個字都不放過，到了近乎有點失禮的程度。

我想之前應該沒跟妳提過這一段，她有次開口時麼說。沒，她沒提過，但我反正已經知道了，或最起碼聽過傳言的版本。那就是——她女兒在少女時期，曾介入了她跟另一個男人的關係。

妳能想像比這還齷齪的事嗎，我朋友說。妳女兒大大方方撩妳男朋友，就當著妳的面。他那個白目，還一副沾沾自喜的樣子。我只得在事情演變到不可告人之前，把他趕出我們母女的生活。我甚至威脅他要報警。他走人以後，我女兒把他忘得一乾二淨。當然，她其實不是真的在意。她不是什麼可憐兮兮的純潔小白兔，她一心一意只想傷害我，還想把這件事搞得人盡皆知，反正顏面掃地的是我。

也就是那時，她才明白自己的親生骨肉有多恨她，我朋友說。

朋友從不曾真的釋懷。她形容這是永遠洗不掉的人生汙點，是隨時可能無預警竄出的悲傷，也確實似乎會在某些快樂或平靜的時刻來襲，她說——好毀掉那樣的時刻。

我可能某一天過得很順，照樣做該做的事，突然沒來由的，那段記憶就會回來，我被迫得重溫一次。我學會努力投入工作去忘記它，但有些時候沒辦法，它可以害得我好幾天陷入低潮。

可是，她們母女倆試過談一談嗎？我問。畢竟女兒已經長大了。

談過，朋友說。完全沒用。

她女兒對這件事的記憶簡直天差地別。女兒覺得自己根本沒有錯，再怎麼說她當時是個孩子呀。都是那個男的錯，女兒說。那男的很噁心耶，是媽媽妳被戀愛沖昏頭，根本看不見。朋友只能怪自己，當初不該把這樣的男人帶進她們的生活。

但過了好一陣子後，女兒的說法變成媽媽反應過度。假如事情真像媽媽想得那麼嚴重，她肯定不會忘的，女兒說。可是她連那人是媽媽哪個男友都想不起來。又過了一陣子，女兒堅稱媽媽全都記錯了。不管那個男的是誰，她和那人之間什麼事都沒有。

朋友說，你想原諒一切，也應該原諒一切。只是你發現有些事就是過不去，哪怕明知自己快死了也一樣，還是無法釋懷。於是這就成了一個不假外力自己裂開的傷口，她說：那就是你沒有原諒的能力。

V

妳注意到了嗎？朋友說。她表情不一樣了。

朋友指的是客廳那幅肖像畫。我們已經漸漸習慣了，它不再凝眼，反而成了某種莫名令人安心的存在。我們一致認為，肖像畫中的女人似乎在守護我們。

好像鬼魂，我朋友說。

好像這個家的守護神。

她表情變了，朋友還是這麼說。變得更悲傷了。

不會呀，不算悲傷吧，我說。不過倒是好像柔和了點兒。我頭一次看到她，還覺得她表情有點嚴肅。

她之前不喜歡我們，現在已經接受我們了。

她漸漸了解我們，所以現在喜歡我們了。

朋友說，看著她，感覺好平靜。一直盯著她眼睛看，很有鎮定的作用耶。

在她頭上放個光環，就會變成神像了，我說。

肖像畫下方有張狹長的大理石桌。朋友某天在那桌上放了蠟燭和白鑞小花瓶，裡面插著她摘來的野花。

妳布置了神龕啊，我說。這樣會讓我想對她禱告耶。

那我們就來禱告吧。

朋友說，我夢到自己在睡覺，夢裡我張開眼睛，看到她站在床邊，彎下身子朝我湊過來。

那不是夢。我也看到她了。

也許妳可以唸一會兒書給我聽，朋友說。我一直不喜歡有聲書，不過現在既然自己沒辦法看書，有人唸給我聽也不錯。

我問她想要我唸什麼書，她指向攤在茶几上的那本平裝書，我前幾天放在那兒的。

我很喜歡推理小說，朋友說。以前一週總要看個一兩本。妳不用從頭開始讀，幫我前情提要一下就好。

到了這本書的最後一部，敘事的方式從第三人稱轉為第一人稱。敘事者就是那個剛出道的女演員，我們這才發現原來這本書之前的內容，都是她根據真實事件改寫成的小說。現在書即將出版，作者用一個男性名字當筆名發表。讀者這時也才明白女演員認識連環殺人魔三十年以來的生活——這段慘痛經歷對她造成的創傷太深，連正常生活都有困難，遑論發展演藝事業（而且她本來是很有前途的）。但故事竟然還沒結束，還有更可怕的事等在後面。

連環殺人魔對女演員的死黨始亂終棄，之後女方發現自己懷孕，等知道孩子的父親就是變態殺手時，要拿掉已然太遲。於是她想了一個計畫，到臨盆之前都隱瞞自己懷孕的事，最後在家生產，免得讓人發現。她請一名男性密友幫忙，兩人一起躲到鄉下去。她的盤算是把嬰兒丟在安全的地方，這樣嬰兒父母的身分就永遠沒人知道，也無從追蹤起。不料發生變數，嬰兒出生兩天後就死了。這名男性朋友年紀還輕，參與這計畫讓他既害怕又懊悔，加上女方十分消沉、舉止怪異，年輕人便拜託女演員到鄉下來，看能不能說服女方看醫生。因此女演員也知道嬰兒死了。她寫道，她至今都不確定那嬰兒是睡著時猝死，還是有其他自然死因，或者，其實是被情緒不穩定的母親悶死的？然而為了保護死黨和那個年輕人（同時也等於保護自己），不能驚動警方（因為事情一旦曝光，他們極可能被控預謀殺人），女演員同意對嬰兒的事情保密。嬰兒的屍體則由那年輕人獨自前往森林埋葬。

這本書最後幾頁的情節是：嬰兒的母親繼續過著正常的生活；年輕人因為承受不了內疚與守密的重擔而自殺；女演員就要和她形容為「畢生摯愛」

的人結婚。她把連環殺人魔的事全跟對方說了，其他的事則守口如瓶。盛大的婚禮即將來臨。

全書結尾是：女演員沉思著，她能讓心愛的人在不知所有真相的情況下走進禮堂嗎？她決定和盤托出，明知這麼做很可能賠上此生最後一次獲得幸福的機會。

哈，我朋友說。來這招啊。原本應該是婚禮的快樂結局，結果居然吊你胃口。

照我高中英文老師的分類法，小說有兩種。一半的小說可歸類為《罪與罰》；另一半叫做《愛的故事》。不過仔細想想，很多小說也可能兩者兼備。

《罪與罰：愛的故事》，這書名滿不賴的嘛。反正人家不是說，每個好故事都是懸疑故事？

而且每個故事都是愛的故事。

每個愛的故事都是鬼故事。Φ

每個人都會在某個時候愛上人。Θ

哎喲別講啦！朋友尖叫。我笑那麼用力會痛啦。（她是指之前幾次手術留下的疤。）

我的電子書閱讀器上還有幾本最近出版的小說，但朋友都沒興趣聽。她不喜歡當代小說家那種她稱之為「搞破壞」的調調。她說這就是約翰・齊佛所謂的「生活中引人入勝的恐怖面」與「對生活的想像」之間的差異。

這年頭好像大多都是寫引人入勝的恐怖面了，朋友說。要不就是毫無說服力的老調重彈。

朋友說，有這麼多書在寫現代生活可怕的一面，很多都寫得很棒，我懂我懂，用不著妳說。可是我再也不想在書裡看到人的自戀、疏離、徒勞的兩性關係。我再也不想看人的醜惡面，尤其是男人的。福克納說作家的職責就是鼓舞人心，那種精神到哪兒去了？

看看福克納是怎麼痛批他那個時代的年輕作家：**下筆彷彿置身人類末日，眼睜睜看著人類滅絕。**

這樣的作家寫的不是人心的掙扎，而是腺體的衝動。福克納說，作家會用這種方式寫作是因為恐懼。他們和這世上每個人都有同樣的恐懼——生怕哪天被核彈炸死。但作家的職責是自我提升，超越那種恐懼，福克納說。一九五〇年，他在斯德哥爾摩發表諾貝爾文學獎得獎演說的那天，召喚的是勇氣。接著他呼籲作家回歸「放諸四海皆準的古老真理」——**愛和榮譽和憐憫和自尊和同情和犧牲**。福克納諄諄告誡，少了這些，你的故事活不過一天。

Θ Every love story is a ghost story，此句曾出現在大衛．福斯特．華萊士的私人信件中，後成為他的傳記書名，由作家D．T．馬克斯（D. T. Max）所著。

Θ 原句Everybody loves somebody some time，為一九四七年問世的美國歌曲，一九六四年因歌星迪恩．馬丁（Dean Martin）演唱而家喻戶曉。

金玉良言。真是金玉良言哪。不過現在大家看待作家的各種角度之中，把作家當成「急難時出現的救星」應該是最扯的一種。

還有一次，朋友對我說：你以為如果能說服自己，反正人世險惡，未來只剩絕望，或許會走得比較容易。但是想到自己走了，世界不再繼續運行，不再那麼豐富、那麼美麗，我受不了。讓世界美好的一面消失，也沒法給我安慰。

此時我對朋友說，我自個兒倒是經常想起以前看過的某部老電影的一幕，那是根據《咆哮山莊》作者勃朗特家真人真事改編的。那場戲是她們三姊妹其中一人自知不久於人世，說她原本就一直害怕面對人生，離世也無所謂。然而當時她說，在這樣的日子，看到世界這麼美（我記得她那時坐在戶外，肯定是曠野上的某個地方），她坦承不介意在世上多活一會兒。

我當時一直在切換電視頻道找節目看，所以只看到那場戲。那是很久以前的事了——搞不好我記錯劇情了也不一定。但也正因如此，我老想起那一幕，而且還常常想起。

和朋友講這件事的同時，我細細瀏覽客廳的那個大書櫃。這本好不好？我一邊問，一邊從書櫃最底層那排抽出一本很重的書：《世界最佳民間故事與童話精選》。

眾神與英雄，王子與農民，巨人與小人，女巫、騙子，還有動物、動物、動物。

這本書就此成為我們的讀物。她聽得津津有味，幾乎沒聲音的人現在換成我了。

很多人都說推理故事就像童話——也因為某些同樣的理由廣受歡迎，只是把吃人怪物換成連續殺人魔而已。辦案的警探偵探或許心地並不純潔（不是王子、正義騎士、聖人之類），卻仍是英雄，就算未必始終高風亮節，依然心懷正義，懲奸除惡。童話把一切簡化。人物分為固定幾種，道德準則非常清楚，好人壞人一望即知。固然有許多殘忍暴力血腥情節，但最終必然邪不勝正，就算好人沒有從此過著幸福快樂的生活，也會有個完整收場，只是收場的方式大多並非現實生活中的常人所能理解。

但有一點不同，就是童話很美，朋友說。童話超凡脫俗，推理故事則不然。

還有一點不同——童話不像推理故事可以當消遣，讓讀者暫時逃離現實。童話想講的道理即使過於簡化，又遵循大家熟悉的幾套公式，卻總是深植人心，也正因此深受孩童喜愛。（有誰比孩童更清楚被隱而不現的專制力量操控的滋味？又有誰比孩童更明白世事無論多古怪，無論是好是壞，都有可能發生？）童話才叫真實。童話比推理小說更神祕。這也是童話不同於推理小說，而成為經典的原因——推理小說是娛樂用，娛樂後便為人遺忘。童話寫的是人心的掙扎，不是腺體的衝動。

我很喜歡的一點，就是有老女人才有童話。人類想到要蒐集某特定地區的童話故事時，第一步就是記錄那個地區的老太太講的故事。

妳最喜歡的童話故事是什麼？我朋友想知道。

只要有天鵝的都好，我說。還記得頭一次讀到〈六隻天鵝〉的故事，我那時好想變成那個排行最小的哥哥，因為妹妹還來不及把有魔法的襯衫做好，只差一隻袖子，哥哥從天鵝變回人形時，還留著一隻翅膀。

喔，妳想變成怪人。

這個嘛，我倒沒這麼想。也許只是想變得與眾不同吧，我說。想仍然保有部分天鵝之身。這點深深吸引了我。

我倒是很好奇一件事，朋友說。大家都說人之所以愛看驚悚故事、恐怖小說，是因為逃離日常生活，在血淋淋的暴力與犯罪世界裡渾然忘我，樂趣無窮。真的嗎？

對。

那為什麼羅曼史小說沒有滿滿的糟糕床戲？沒有臭氣沖天的傢伙？

妳這樣類比不合邏輯喔。

好吧，無所謂。我化療腦又發作了！繼續唸吧。

我們已經習慣到客廳就在沙發上肩並肩，半躺半坐，腿一伸，把腳擱在茶几上。朋友會窩在我身邊，有時就任由她的頭倒在我肩上。已經有幾次我讀著讀著她就睡著了。這時我會停下來，一動不動，聽著她的呼吸聲，時而心安，時而煎熬。我想起父親住院時，夜裡我守在他病床邊，聽著他每一口呼吸都費盡九牛二虎之力，彷彿房裡擺了臺不太靈光的機器。我記得他呼吸停止時的震撼，就那樣驟然結束，彷彿那臺機器忽地關了。我也記得隨之而來的死寂，比他先前的呼吸還大聲，比什麼機器都大聲，比我這輩子聽過的聲音都大聲。

我和朋友也會去屋後的門廊，用同樣的姿勢坐在那邊的雙人座沙發上，我們喜歡在那兒欣賞日落，有時挽著手臂，或者十指緊扣。（那個教練說的，**實際碰到身體真的很重要**。）這種時刻我會覺得有她在身邊好安心，一如我之於她的作用。她偶爾會緊握我的手，什麼也沒說（什麼都不用說），但感覺就像她緊握著我的心。

黃金時刻，魔幻時刻，法文所謂的藍色時刻，都是指天色變幻，美得令我們目不轉睛、如痴如醉的傍晚時分。

夕陽餘暉會用某個角度掠過草坪，輕拂我倆擱在茶几的腳，再慢慢挪移到我們身上，宛如緩慢悠長的祝福儀式。

那個當下我差一點就要相信，一切理當如此。觀月。數星。**沒有你，也照樣一直存在，直到永遠**（喬伊斯寫的）Φ。那麼豐富，那麼美麗。一切都會好好的。

有次我正在翻頁，她把頭從我肩上抬起，親了我一下。我大笑之餘也吃了一驚，跟著回親了她。她這人絕對不會放過開玩笑的機會，頓時唯妙唯肖

Φ 出自《尤利西斯》第三章。

模仿起貝蒂．戴維斯在電影《姊妹情仇》中的結尾戲，以哀怨的語調幽幽道：妳是說，搞了半天，原來我們可以做情人？Φ

我一直都好自私，她說。我從沒考慮過妳。我想是因為我不准自己還去想到這個。可是現在我們人都到這兒了，頭也洗下去了（意思是指那無可避免、難以形容的事），我好內疚。

可是我想待在這裡，我說。這句話出口的同時，我明白那是肺腑之言。什麼都趕我不走。

她說她不是這個意思。我內疚，是因為我會把妳丟下。

這種事不希奇。人意外身陷絕境時，是會有這種反應——好比重大危機、緊急狀況，尤其是有人喪命，或在生死存亡關頭，哪怕互不相識的人，也可能變得極為親近，有時還發展出長久的緊密關係。

災難（或瀕臨災難）的生還者，即使只是在短時間內無端被命運湊到一起，事後數年仍會年年設法團聚。有篇報導是這樣的：有兩人初相遇就是一起困在電梯裡，卡在樓層之間。好幾小時過去，兩人脫困時已承諾互許終身。他們從此過著幸福快樂的生活。嗯，沒有。他們差不多在一年後解除了婚約，但我相信他們還是朋友。

我根本沒考慮到妳，朋友說。我沒想到會對妳生出感情，擔心妳。

而我對她的感情——我原先也沒想到。

我們的情況有許多常人眼中的怪異之處，其中之一就是上超市買菜。朋友對食物的興趣大減，嚴重到連買菜都反感。加上超市裡的各種氣味，有時甚至可能害她想吐。她也受不了超市冷得像冰宮，又大得不得了（媽的簡直

Φ 這部片中兩位女主角飾演的姊妹互相折磨了大半輩子，結尾戲原本的臺詞是貝蒂·戴維斯飾演的妹妹說：「……原來我們可以做朋友？」

像機場，她說），才踏進去她就累了。（至於我呢，每次踏進這種超大賣場，都好想穿冰刀溜個痛快。）所以買菜通常是我自己去。然而要盤算買多少菜，就不得不問那個討厭的問題——要吃「多久」。於是我就像個百歲老太太，六神無主，拖著腳步，在各個走道走了一遍又一遍。

還有件怪事說來慚愧，那就是我胃口好到擱都擱不住，不管基於什麼理由（也或許出於相當明顯的理由），這段期間我老覺得餓。每次和朋友吃飯，最後的畫面都一樣——她餐盤裡的東西幾乎碰都沒碰，我的餐盤清潔溜溜。我在兩餐之間還會吃零食。不用上磅秤我就知道自己胖了，也為此而汗顏。我努力抗拒狂吃甜甜圈和冰淇淋的衝動，卻又為自己這種渴望而羞愧。在我看來，我那如無底洞的好胃口，和垂死的朋友一對照，簡直像是對她的侮辱。難怪我吃的正餐都很營養，吃完卻常消化不良。

有天下午我去超市，連大熱天也常覺得冷的朋友，則決定趁這段時間泡個熱水澡。那天她疲倦得厲害，就先躺在床上，等浴缸的水注滿。

我回家時得涉水走到床邊，把水踩得嘩啦嘩啦響。朋友則在床上緊緊抱膝坐著，一臉茫然，渾身發抖，好似船難後乘著小筏在海上漂流的人。

我只是想稍微瞇一下，她說著，牙齒打顫。

我爬上床，收起濕漉漉的腳，壓在身下。漂流的人變成兩個。

怎麼會搞成這樣呢，她說。我只是想安安靜靜的。我想安靜的死，結果現在闖了這麼大的禍。這不是笑話嗎。搞得一塌糊塗，丟死人了，天大的笑話啊。

接著她放聲大哭，抽搐得好厲害，連話也說不出。但我還是聽見了——她原本想堅強起來，想掌控一切，用自己的方式走，盡量不給這世界添麻煩。她想要平靜。她想要秩序。

置身平靜有秩序的環境，她只要求這樣而已。

從容、乾淨、優雅，甚至（有何不可？）美好的死亡。

她原先想的就是這樣。

某個宜人的夏夜，風景優美的小鎮，舒適的房子中，美好的死亡。

這是我朋友為自己寫好的結局。

不是妳的錯，我說。當然也不是我的錯。那為什麼我還是甩不掉「這都得怪我，怨不得別人」的感覺？

我一邊努力安慰她，一邊拚命想接下來該怎麼辦。我們該怎麼跟屋主解釋？儘管面對屋主會是苦差事，還是得趕緊跟他們說明，他們必須立刻聯絡保險公司。

一對夫妻坐在客廳看電視，天花板忽地裂開，大水從天而降，原來是樓上浴缸的水溢了出來。兩人驚跳起身，抱頭尖叫不知所措之際，大門敞開，走進一批穿著制服、笑容可掬的俊男美女。只見這群人開始清理現場，把一切回復原狀，夫妻倆則像是被下了咒，呆若木雞。待這批人馬離去，大門關上，夫妻倆從咒語中清醒，渾然不覺哪裡不對勁。「就像從來沒發生」是這間公司的保證。我看過這廣告片很多次了，也在路上看過這間公司的卡車，車身漆著「火災水災清理復原」幾個大字，而此刻我在有點錯亂的情況下，腦海中一直浮現這段廣告，想從影片的神奇童話式結局找到些許希望。

我朋友則語無倫次嘟囔起來。早知道就不該來的，什麼爛主意。根本是做夢。早該知道會出狀況。不公平啊，媽的沒天理啊。

她停了半晌，忽地扯開嗓門大吼，把我嚇得從沉思中驚醒。她高喊：我這輩子從來沒這麼衰過！我恨我自己！

「絕望地死去」。我忽地想到這個詞，房間的水全結成了冰。

不能這樣。絕對不能發生這種事。

朋友發出的聲音換成尖嗚。噢，這是怎麼回事，媽的到底怎麼回事啊。

這是人生，就是這麼回事。無論發生什麼事，人生依然繼續。亂糟糟的人生。不公平的人生。必須面對的人生。我必須面對的人生。因為，假如我不面對，誰來面對呢？

第三部

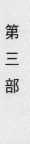

作家所寫的一切都可能和原本不同——但前提是要先寫出來。
一如人生可能會和原本不同，但前提是要先活過。

——英格・克里斯坦森，丹麥詩人、小說家

I

我原本計畫要寫的日記，也是朋友生命最後一段路程的紀錄——始終沒有寫成。我起了頭，但幾乎立刻停筆，連寫的那寥寥幾頁都沒留著。我這才明白自己終究還是不想留下書面紀錄，大概是因為我對書面紀錄沒有信心吧。寫這樣的日記，一開始就有種背叛什麼的感覺——我指的不是揭露朋友的隱私，而是背叛這整段經歷。無論我費了多大工夫，寫出來的語句可能永遠不夠好，也永遠不可能精確表達當時實際的情況。早在動筆前我就明白，不管我最後寫出來的是什麼，最多也不過是旁枝末節，真正的重點則從我身邊一閃即逝，像門一打開就溜出去的貓，你卻連牠原本在哪兒都沒看到。我們口口聲聲說要「找到對的字」，卻永遠找不到對的字形容最重要的事。我們把字寫下來，因為必須如此，一字又一字，但那不是生，亦非死，一字又一字，不，完全不對。無論我們多努力把最重要的事化為文字，卻總是像穿木屐踮腳尖跳舞。

我們都明白，語言終究會照慣例偽造一切。作家太了解這點，而且比誰都清楚，正因如此，好作家為一字一句嘔心瀝血；頂尖作家為字斟句酌殫精竭慮，因為他們相信若有真相待發掘，必在其中尋得。這種作家相信，自己寫作的方式比寫出來的東西更重要——這些人的作品才是我想一直看下去的，只有他們能令我振作起來。我再也沒法看的書是——

可是我幹麼跟你們講這些？

語言會偽造一切。那，幹麼還要製作不實紀錄讓之後的人讀，令他們（甚至包括我自己）信以為真？（或者說誤以為真？）

此外還有一點——寫日記並沒有我原先期盼的穩定或安慰作用。它非但沒能撫慰我，反倒令我氣餒，覺得自己好蠢。既蠢又沒用，還害我焦慮萬分——我怎麼變成這麼糟糕的作家啊。

倘若我們一直以來都誤解了巴別塔的故事呢？我的前任曾把這個問題寫成一篇文章。看哪，他們成為一樣的人民，都是一樣的言語。上帝說這樣不行。人類團結起來或許真的可以建造城市和通天的高塔，以傳揚他們的名。確實，全知的神早就明白，有了共同的語言，**這些人所要做的事沒有不能成就的**。要停止這種可憎的現象，就是用多種語言汰換掉那種共同的語言。Φ事情也就真的這樣發生了。

然而萬一上帝其實做的不僅於此呢？倘若祂不單是給不同部族不同的語言，而是給了每個人各自的語言，就像指紋獨一無二，那又會如何？接下來，為了替人類的生活製造更多衝突和困惑，祂便混淆人類對這件事的認知。我們或可理解有很多人說許多種不同的語言，卻受了誤導，以為只要是

Φ 出自《聖經・創世紀》十一章六節。

與自己同族的人，都會和自己講同樣的語言。

照我前任的看法，這足以解釋人類的許多苦難（我前任對這點比你想得還認真）。他真的相信原因在於：我們每個人繼續說著各自的語言，那意義只有我們自己清楚，但別人不明白。

連戀愛中的人也一樣嗎？我問，漾著笑意、帶著戲弄、懷著期盼。那時我們剛開始交往。他只回我一笑。然而數年過去，曲終人散，令人難以接受的答案也隨之浮現：**戀愛中的人尤其是**。

我有次聽一個記者說，他無論何時寫稿，要是寫著寫著居然一直擦起電腦螢幕來，他就知道自己八成哪裡寫得不夠清楚。

這讓我想到喬治·歐威爾說的，理想的文章要像窗玻璃那樣乾淨清晰。

望向窗外——這位老師起了頭，要大家接下去造句。你看到什麼？

我望向窗外，那頭怪獸還在那兒。

這日記沒寫成，我目前為止並不後悔，儘管我想也許有天還是會吧。但換個角度，我想到一部叫《非家庭電影》（*No Home Movie*）的片子，比利時導演香妲・艾克曼在母親臨終前幾個月，用影像記錄自己和母親在這段期間的對話。我們應該都是傑出的電影人吧。

我知道現在很流行拍這種片，並安排好在離世後把片子分送給認識的人觀賞。有時則是為了在死者的告別式上播放。我也說不上為什麼，但就是很難想像這種片要如何拍得不做作濫情。

朋友之前跟我提過，她應醫院社工之請去上podcast節目，回答聽眾對於罹患絕症的感受的提問，但事後十分後悔——結果如我所料，節目沒她講得那麼糟。至少我不會用她說的「全部亂了套」來形容，但確實有幾次她講的話讓我眉頭一蹙。**我以後最懷念的會是什麼？我有什麼好懷念啊，死都死了，不會有感覺了**。然後輕輕冷笑了一聲。

她那語氣聽起來是惱了。她也確實惱了。（**常有人說我受不了笨蛋。**）

意外的是——有人問她想過自殺嗎，她毫不遲疑說沒有，其實我們都知道，她打從診斷結果出來那天起，就有這個念頭了。

有什麼遺憾嗎？

她的答案不是沒和女兒多一點時間相處，也不是沒能與女兒盡釋前嫌，而是沒能有另一個孩子（這句話顯然可以用兩種方式解讀）。

她多麼痛恨「遺願清單」這個詞；她寧願說「致命」也不要用「絕症」。她非但不信來生，還很震驚居然這麼多人相信有來生。

或許她後悔的是自己不該用那種語氣講話。她不希望表現得一副怒氣沖沖或怨天尤人的樣子。為自己的死鬧情緒，也太「不得體」了（我有次皺眉頭就是因為聽到她在節目上用這個詞）。她希望到最後都能維持堅忍沉著的形象。

我既然都聽了這集，而且聽得入迷，索性把同一系列的其他集數也聽了。來上節目的大多都是女性（那名社工也是女性），這也是意料中事。女人不是本來就比男人願意聊自己的感受嗎？那豈不是更願意談談生病和面對死亡的心路歷程？再說大部分的受訪者都是老人，大家都知道老男人話不多——特別是打過仗的男人。此外，我覺得要是碰上有人開口請求協助，女性就算當下反應並不特別積極，好像也比男性樂於伸出援手。（有許多研究會請垂死之人接受訪談、調查、填問卷等，因此似乎有些爭議。有人質疑，這些人在世的時間已經不多，這類研究還要占用他們的時間，這樣做道德嗎？）

從我聽到的這些podcast歸納起來，這些受訪者想法相當一致，無論是否真心接納自己的狀況，都同樣害怕。怕痛。怕黑。連願意「平靜步入良夜」的人，對那「良」的成分似乎也沒有十足的把握。（狄倫・湯瑪斯因為某人寫下這首詩，也以此人為寫詩的對象，卻無法與之分享——因為他父親並不知自己來日無多。）我聽到的焦慮遠遠多於泰然。每位受訪者都有親眼看著某人過世的經驗。

他們的遺願清單和遺願也都很平凡——再過一次聖誕節。再過一個春季。（「我希望和幾個孫兒度最後一次假」……「希望來得及參加兒子的法學院畢業典禮」……「把房子裝修完」）有些人自然而然一直提到過去。（「我媽的臉一直浮現。」「這幾年我想到離婚就火大，現在再也沒感覺了。」）

他們為自己丟下的人傷心、擔憂，因為可以想見自己的死對他們造成的痛苦，比對自己還深。（「要是我的孩子年紀沒這麼小就好了。」「不知道我先生會不會連廚房在哪裡都不曉得，他會餓死的。」還有，貓怎麼辦？）

這些反應中沒有自憐，唯一的例外是個媽媽，孩子都還小。這名女性對我們信誓旦旦說，她每件事都做「對」了。她從沒傷害過誰，向來規規矩矩。**她明明是個好人呀**，為什麼是她為什麼是她為什麼是她。

這些反應中少了幽默，唯一的例外是個聲音很沙啞的五十歲男人，一直在糾結墓誌銘要寫什麼。他說已經聽了很多好例子，最喜歡的是「待會見」。

我可以用別人用過的嗎？他問。會不會構成抄襲啊？

那語氣就像他可能會被告似的。

《抄襲墓誌銘的男人》。再加上「暨詩選」幾個字，當書名滿不錯。我朋友應該會喜歡。

「遺願清單」（bucket list）這詞的典故當然是來自「踢桶子」（kick the bucket）。不過「踢桶子」一詞代表死亡的緣由，似乎沒人知道。幹麼扯上桶子？「踢」又是幹麼？難道桶子裡應該有東西嗎？（我朋友問的。）

這詞總讓我想到垂死的馬。牠不支倒下時踢到了桶子。但我沒找到這種說法的出處。

俄羅斯有個迷信，說看到有人提著空桶子是凶兆，和這個有關係嗎？

受訪的每個人都說自己相信死後會與心愛的人重逢，唯二的例外是我朋友和另一個女的，此人只回說她不知道。我注意到好像從來沒人害怕下地獄，但這也不是什麼新發現。假如你同意沙特的說法，地獄即他人。顯然對大部分的人來說，地獄是給別人去的，永遠輪不到自己，也輪不到你盼著再見一面的人。地獄這概念和「核戰或氣候變遷導致地球生物滅絕」差不多——一個恐懼與痛苦將可能無盡輪迴的來生，似乎太過恐怖，反而使得常人難以理解。

加州一個名為「天堂」的小鎮，毀了——真是名副其實的失樂園。二〇一八年的坎普大火導致該鎮全毀後，有個社論作家寫道：「至少某些人可能會覺得有兩件事真是要命的巧合：一是人類的想像力把永世不得超生之地想成一片火海；二是人類的愚行已經創造出熱浪與野火越演越烈的未來。」

我居然暗暗希望（難免也有點罪惡感）這些podcast的內容要是能更有趣就好了。他們講的都是自己的事，而且講的方式讓我聽得很煩，但我又覺得自己這種反應很差勁（誠實的諮商心理師會跟你說，他們在病人訴苦時往往得努力趕走睡蟲）。我不由得懷疑，這些人是不是並沒講出真正的想法或感受，只講他們覺得大家想聽的，也就是大眾能接受的、恰當的——所謂「得體」的事。

死去是我們要扮演的角色，和我們在生命中扮演的其他角色沒兩樣——這讓人想了就難受。除非你獨處，否則永遠無法展現真實的自我——但死到臨頭，誰希望孤伶伶一個人呢？

難道，希望這世上有個人能對死亡說點獨特的創見，是過分的要求嗎？

朋友在確定罹癌後不久，去參加了幾次團體治療。聚會雖然在癌症治療中心舉行，卻只限病患參加，沒有專業諮商師或受過訓練的人員在場帶活動。我朋友說她並不意外大家到頭來講的是一樣的事。畢竟生病是共同經驗，人有什麼理由不用類似的方式應對？

朋友說有個太太和她差不多同時加入那個團體。這女人六十歲左右，在保加利亞出生，儘管高中時就搬到美國，她的英語還是有口音。她和先生結婚四十年，先生在美國出生，父母是保加利亞人。先生做了一輩子的建築檢查員，現在退休了。她則是牙醫助理。兩人有三個孩子，都已成年。女人對這群病友說，他們一開始婚姻非常美滿。她講了些頭幾年的美好回憶，好比婚禮，好比孩子很快相繼出世，個個健康俊美，就像心願一一成真，一、二、三。

只是夫妻之間很久之前便已沒了感情，女人說，兩人婚後大部分的時間其實都處不好。她坦承家中始終爭吵不斷，幾個孩子長大後很慶幸終於可以離家。孩子都搬出去後，夫妻倆不那麼常吵架了，卻益發形同陌路，她說。兩人睡覺分房，吃飯未必同桌，整天可能講不到一句話。不過兩人當年在婚禮上立過誓，承諾禍福相依。何況他們是天主教徒，不許離婚。

女人對在場的聽眾說，家人過了好一陣子才弄清楚她病得多嚴重。起先根本沒有醫生認為是癌症，只說她的症狀大概是潰瘍引起的，或胃食道逆流，甚至可能只是肌肉拉傷。結果忽然間真相連環爆，一次又一次的檢查，帶來的消息一次比一次壞。（這時眾人紛紛面色凝重點起頭來——大家都是過來人。）女人說先生一開始的反應大多是惱怒，對醫生說太太本來就喜歡疑神疑鬼，老覺得自己有毛病（女人坦白說，先生這樣講不是沒有理由）。先生說他自己也有胃食道逆流的問題啊，又怎樣？不就是這裡疼那裡痛嘛——他們夫妻倆都上年紀了，有點毛病很正常嘛。女人說，然而診斷結果確定是癌症後，她先生完全變了個人。

她說她一開始以為是自己的想像。幾個孩子也一口咬定是她幻想的結果——畢竟她病了，受了這麼多折騰，外加震驚、恐懼，更別說那無人不知的化療腦在作怪，會幻想也是難免的。

但那不是她的想像，她說。不是震驚，不是恐懼，也不是化療腦的問題。她說，醫生向他們解釋了轉移性胰臟癌的預後，她先生一聽，整個人都開朗起來。

女人說，忽然間，先生在她身邊時心情總是很好。噢，我當然不是說他就喜歡看我受苦，他沒那麼壞心眼。我不能說他是好丈夫，但他一直是個正派人。只是他心裡想什麼是藏不住的，也瞞不過自己的太太，女人說。我會觀察到我這間病房來看其他病友的人，留意他們的表情，還有我自己的孩子和其他親友的表情，我看到同樣的悲傷和恐懼，但我先生臉上從來沒有這種表情，也從來沒一滴淚。女人說，有一回他以為我睡著了，但我其實是在偷偷觀察他。他坐在窗邊的椅子上，蹺著二郎腿，抬起的那條腿晃啊晃的。他望向窗外，仰頭對著天空，那臉上是一個男人滿足的表情，對現狀十分滿意的表情。然後他伸直了腿，靠向椅背，雙手交扣枕著頭，打量起天花板來。照女人的說法，男人過了半晌，用鼻息深深呼出一口氣，綻開笑靨。

聽朋友轉述，這女人對大家說她一直想叫先生滾得遠遠的，再也不要到醫院來。她想告訴先生，別以為她很好騙，她可比誰都了解他——都結婚四十年了，他心裡想什麼，做太太的還不清楚嗎？我可是對他瞭若指掌。他以為我聽不到他心底在高唱〈自由〉。

可是她開不了口。聽我朋友轉述，這女人說她沒有攤牌的勇氣。真要說實話，她是為先生難過啊。我真是以他為恥，女人說，甚至到了可憐起他的程度。我固然恨他怎麼連至少偽裝一下心情都不肯，卻也想到他或許完全沒那個本事。我覺得他可能根本不知道自己有這一面，他不承認自己有這種感受（女人說這是先生一貫的風格），他一定會很火大，要是我——

女人講到這邊打住了，需要一點時間整理好自己。

她平靜後又繼續說下去。想到我們共度的歲月，想到我們的婚姻變得多悲哀，真要回頭看，快樂的時光實在少得可憐，這麼一想，我得坦白說我懂。說不定哪天我和他角色互換，我也會有同樣的感受，女人說。或許很多人都困在不幸的婚姻裡，等另一半死了才真的解脫。或許這些人就是不由自主會這麼想——也或許他們就是藏不住心事。這樣是很糟糕沒錯，但女人說她捫心自問：難道這犯了什麼滔天大罪嗎？她說，仔細想想，我有什麼好怪他的呢？難道我先生應該在我面前演戲？而且演技還得更好才行？他應該厲害到讓我看不出他都是裝的？

女人又說，她需要他。她有病在身，好幾天下不了床，什麼也不能做。她說不希望成為孩子的負擔，每個孩子都有自己的工作、家庭，有一堆問題要應付。她需要有人照顧，先生也確實很照顧她，儘管天曉得照顧病人是苦差事，但他做來毫無怨言。

女人對大家說，他就像我剛剛講的，心情總是很好。總是開開心心的，願意幫我做這做那，有時還輕輕哼歌吹口哨。他始終不明白我一直以來的煎熬，也不曉得我其實知情。女人一再說，他根本不曉得我知道。我都知道。

聽我朋友轉述，這女人形容自己這段遭遇的時候，講得異常生硬，語調又平板，而且始終垂著眼，彷彿為了不可能錄取的試演，讀著沒人看得見的稿子，但她卻讓全場屏氣凝神，朋友說。現場連一根針掉地都聽得見，我們聽了她的情況，自然也都十分震驚。這女人講完後，其他人紛紛發言。但也不是每個人都開了口啦，朋友說，有些人跟我一樣，半個字也沒講（我說老實話，我還真不曉得該跟這個可憐的女人說什麼）。但發言的那些人意見倒是很一致，覺得這女人肯定是誤會了。孩子們說得對，他們畢竟了解自己的父親。在場的這群病友覺得是這女人的錯，她應該聽孩子的話。很顯然有另一種說法可以解釋她先生的反應，就是她先生用這種方法來自我調適，他們說。這不是很常見嗎？有些人不就是會強顏歡笑，故作正常，人前開朗，人後掉淚嗎？——為什麼？因為他們以為這麼做會讓病人好過點，好讓她保持樂觀積極的態度，如此而已。大夥兒勸她說，她先生就是這樣，沒什麼惡意。她自己之前不是說先生把她照顧得很好嗎，又一直守在她身邊，幫她打點所有的事，假如這還不能證明他的愛——

據我朋友說，女人沒和他們爭論。她對這些人的意見其實毫無反應，只是偶爾點頭，目光依然低垂，表情始終似笑非笑。她，知，道。

朋友對我說，這女人挺身而出自揭瘡疤。她正視真相毫不畏縮，言人所不能言，更不避諱講的是自家人。而這些人呢？只是你一言我一語，讓這個女人懷疑起自己的判斷力。這些人根本不誠實——對她不誠實，對自己也不誠實。就因為他們自己無法接受真相，就得用一堆屁話蓋過真相。

這種事在那兒也不是頭一回，朋友說。永遠是千篇一律的空洞建議，什麼正面思考的力量啦、奇蹟真的會發生啦、現在放棄就是讓癌症贏啦這堆老話。朋友對我說，這種種只是提醒她，人要接受現實有多難。我們不是拚命想把頭埋進沙裡當鴕鳥，就是對什麼都感情用事，她說。

聽朋友講了這些，我反倒想起她和女兒的事——有些人一直跟我朋友說，雖然她女兒從不對母親表現關愛，心底一定還是愛母親的。（誰都知道嘛，哪個小孩不愛媽媽呢。）朋友每次聽到這種論調就會很不爽。

朋友說團體治療不但讓她完全感受不到支持，還覺得格格不入。在那女人分享自己故事的那次聚會後，朋友說她受夠了，從此沒再去過。

後來我聽說那個女人走了，一肚子火又上來，朋友說。她對大家坦白心事，大家卻說一定是她搞錯了，就沒人想出一句可以幫助她、安慰她的話，這還有天理嗎？朋友說如今每次想到這女人，她就羞愧萬分。她說，我一直在想，那個女人生前會不會有某個時候，有人真正「懂」她。懂「她」。

我從沒聽過這麼悲傷的故事。

對這個女人的遭遇，我自個兒倒是好奇：她生前會不會在某個時候改變主意，終究還是和先生攤牌了？

你認為你這一生的意義是什麼？

「家庭。」

「愛。」

「做對的事。」

「當好人。」

「保持正向，追隨夢想。」

生命的意義在於它會停止。會想出這種答案的肯定是作家。那個作家自然是卡夫卡。

可是要用妳「自己」的話回答喲，社工說。

是我的話沒錯呀，我贊同卡夫卡的說法。

但問題是「妳」這一生的意義是什麼。

就是「它會停止」呀，我朋友回道。就跟卡夫卡說的一樣。（然後輕輕冷笑了一聲。）

民宿屋主說，我和我太太活了這麼大歲數，相信我，悲慘的事我們看多了。我們有個孩子，才那麼一丁點大，就因為腦膜炎死了。到我們這年紀，很多親朋好友都走了。我們夫妻倆自個兒也生過好幾場大病。房子淹水實在不是什麼天大的壞消息。要是今年就只出這麼個事，那我還真算走運呢。把自己家租出去就是得擔這種風險，當然保險的用處也就在這兒。還好淹的不是樓上那間浴室，否則就更難收拾啦。

我和屋主這通電話收線前，忽地靈機一動，問起他客廳那幅畫。（還說什麼守護我們咧！——哈！我和朋友打包準備搬走的當兒，朋友朝那幅畫中的女子比了個中指。）屋主說那是他們在某個遺產拍賣會上買的。他說，我們倆都相當喜歡這幅畫，只是它等於霸占了整個客廳，我們起先還覺得買錯了。後來慢慢的，它居然成了大家閒聊的話題。倒是我太太啊——不不不，她長得完全不是那個樣，男人說著呵呵笑了幾聲。

那是「妳」嗎？來勘察淹水毀損狀況的檢查員見到那幅畫，問我。

II

倘若我當時寫了日記，就可以告訴你我們到底是何時不再交談的。那時我們已經在朋友的公寓安頓下來。住過民宿那棟房子之後，公寓顯得好局促，但我還是有自己的房間。我把行李箱的東西一一拿出來歸位（同樣不曉得這次究竟會住多久），並包辦同樣的家務。我負責買菜和各式各樣該辦的雜事。朋友出門前以為就此一去不回，辭退了原本每週來一次的清潔人員，因此打掃現在也成了我的工作。我掃得十分賣力，最後她拜託我別掃了。吸塵器的噪音和消毒水的味道——這類常人司空見慣的刺激，她已經無法忍受。現在她皮膚極為敏感，連觸到絲質料子都可能擦破皮。

不過她一發現臥室窗上有鴿糞噴濺的痕跡，硬是要我趕快洗掉。既然都洗了那扇窗，我們決定所有的窗子也都該洗，因為阿摩尼亞的味道也同樣讓她反胃。

朋友說她很慶幸回到自己家。她堅信出門那一趟真是錯了，是她原本就沒想清楚，居然還付諸行動，難怪會有報應。

如今既已回家，她再也不願出門。就算身體狀況還可以，她也不想出去——連去家對面的公園都不肯。那座公園多年來一直是她最喜歡的地方，現在又是仲夏，公園綠蔭正濃。只是她現在重心越來越不穩，很怕跌倒。此外還有一個原因——她的路程已進入下一階段，也是最後的階段，她已經棄械投降。

我有時辦完事情回家之前，會偷個幾分鐘空檔去那座公園走走。

我通常一到公園的長椅坐下就哭起來。

天啊，你知道，事情不該走到這一步，哪怕如今我才明白這是必然的結局。可是愛不都是這樣嗎？無論多麼出乎意料，看似多不可能，感覺都像命中注定。

有個巧合——我最近在讀的一本新書中，有人把目睹某人過世的體驗和戀愛的強烈感受相比。假如世上某種語言真的有一個字可以形容這種情緒，我也不會意外——好比印度博多人的口語，就有個字形容這種特別的愛，叫做「onsra」。

我想知道這一切一旦成為遙遠的記憶，會是什麼樣（「這一切」指的是那無可避免、難以形容的事）。最震撼的體驗，最後往往像夢一場，我一直痛恨這種轉變。我是指，這種如夢似幻的感受，反而玷汙了我們腦海中許多關於過去的畫面。為什麼那麼多曾有的經歷，感覺彷彿不曾真的發生？「人生不過夢一場」。你想想，還有比這更殘忍的想法嗎？

回憶。格雷安．葛林認為，我們需要別的字來形容自己對「依然活在心中的過往事件」的看法。

贊成。

卡夫卡也有同感，還有卡繆。卡繆說：人生的真正意義，是你為了不自殺而做的一切。

殺不死我的讓我更堅強。持無神論的作家克里斯多福·希鈞斯在臨終前自問，當初怎麼會覺得尼采這句話很深刻，因為顯然與他自己的經驗不符——與尼采自身的經驗也不符。希鈞斯說他是因為得了癌症，才重新思考這句話。

此刻我怎能不想起好久以前那幅寫著「上帝已死——尼采留，尼采已死——上帝留」的塗鴉。後來反無神論人士忍不住把「尼采」換成「希鈞斯」。

最近有幾則訃聞。貝聿銘。安妮·華達。瑞奇·傑。碧比·安德森。桃樂絲·黛。

雖然見報的時間不是照這個順序（我喜歡這幾個人名押的韻）Φ。

Φ 原文中的I. M. Pei（貝聿銘）、Ricky Jay（瑞奇·傑）、Doris Day（桃樂絲·黛）的姓氏均為同韻母。

我聽過有人坦承他們會定期讀訃聞，希望能看到自己認識的人。據說對很多寂寞的人而言，讀訃聞是某種慰藉的來源。這些人喜歡看的應該不是死訊，而是死者的一生精簡濃縮後的版本。但這些人也愛讀傳記嗎？八成不會。「幫自己寫訃聞」常是人生教練和人力開發顧問推薦的練習，只是對我從來沒有半點吸引力。

班雅明曾寫道，說故事之人的說服力，在於他用可信的方式從死亡取材。此外，「生命的意義」是小說的核心，小說繞著它移動。

巴特．斯塔爾。卡洛．錢寧。W. S.莫文。米樹．列格杭。

米樹．列格杭正巧是為《秋水伊人》配樂譜曲的作曲家。

這些人大多都很長壽，人類平均壽命是七十九歲，他們幾乎都遠超過這個數字。我朋友並不年輕，但她的年紀當這些人的女兒綽綽有餘。

約翰．保羅．史蒂文斯。童妮．摩里森。保羅．泰勒。哈洛德．普林斯。

追追，「全世界最聰明的狗」。莎拉，「全世界最聰明的黑猩猩」。

還有那隻網紅「不爽貓」！

世間僅存。二〇一九年元旦，一隻名叫喬治的十四歲樹蝸，在夏威夷某大學育種中心過世。牠的整個物種就此滅絕。

我前面並不是說我和朋友突然就不講話了，事情不是這樣。早在淹水事件害我們不得不離開民宿之前，我們就已經不像過去那樣，偶爾會一直聊到朋友咳個不停或喘不過氣。我倆並非無話可說，而是需要講話的時候越來越少。一個眼神，一個手勢或碰觸——有時甚至用不著做那麼多，一切已了然於胸。

她在自己的這一程上走得越遠，越不願分心。

她再也不想聽我唸書，不過又可以自己看點東西了。我們出門的那段期間，來了一個包裹，裝滿某書的試讀本，作者是朋友教過的學生，請她幫忙寫廣宣推薦語。

就做最後一件好事嘛，朋友說。何樂而不為。

那將是她讀的最後一本書。（在此為了製造效果，我想說那推薦語就是她的遺筆，儘管非常有可能，我還是沒把握事實就是如此。）

我不願忘記我倆最後共享的歡笑。

我們把行李搬上車，駛離民宿。兩人一言不發開了好幾公里後，她忽然以傷心的語氣低聲說：你那麼努力、你拚命計畫。

我有沒有聽錯？她說的是我們之前一起看的某部電影中的對話。那是很老的無厘頭喜劇，裡面有個花花公子，處心積慮追求一個女繼承人，打算先娶她，等自己飛黃騰達後再甩了她。**靠，靠，靠**，後來這個無恥傢伙發現一切沒照計畫走，急得猛喊。**你那麼努力，你拚命計畫，結果沒一樣事情順你的意！**那時這場戲害我們倆捧腹大笑，而此刻，儘管朋友顯然心情很差，我卻覺得她這樣講很過分，只是以當下的情況，我唯一能做的是大笑。她看到我笑先是一驚，隨即也大笑起來。

等我們笑夠了平靜下來，又開了幾公里路之後，我說希望她這次別忘了帶藥。這句話頓時又讓我們狂笑不止，還真像是在演〈露西和艾瑟安樂死〉呢。我笑到渾身抖得太厲害，方向盤一歪，差點把車開出路面。

不，她不希望有訪客。該道別的人都見過了，她說。

不，她不希望跟女兒通最後一次電話。

我已經接受我們母女無法和好的事實了，她說。

有一回，我坐在對街的公園，細細打量她那棟樓房的正面。哪幾扇窗戶是她家？我逐一數著樓層——看到她了！她站在六樓某扇窗邊向外望（那是她臥室的窗），從那裡看到的公園景致應該很不錯。可是她看到我了嗎？我覺得她並未俯瞰樓下的街道，而是眺望遠方。我想到可以揮揮手，但是來不及了，她離開了窗邊。（即使如此，想像的畫面往往成為回憶，這次大概也不例外——我會想起朋友在臥室窗前一再朝我揮手的畫面。）不過望向朋友的那一瞥，讓我想起另一個女人，多年前我和她有過短暫的交集。

那時正是我大學剛畢業、進研究所前的空檔，我同時兼好幾份工勉強餬口。這個女人雇用我幫她正在寫的書做研究。她同樣住在可以看到公園景致的公寓，但那間公寓氣派得多，看到的那座公園也大得多——那可是中央公園。她比我年長二十歲左右，正在寫的書是某名媛的傳記。名媛家世顯赫，六〇年代縱橫伸展臺及演藝圈，名噪一時，卻因精神方面的疾病導致自殘悲劇，不幸香消玉殞。

我這位女老闆除了寫那本顯然害她吃足苦頭的傳記之外，也在開發別的案子。她要我打電話給幾個作家經紀人，索取他們旗下作家的書稿。（我不記得要書稿的確切原因，八成是她當時想找改編成電影的題材。）這些經紀人好像都知道她是誰，卻不怎麼把她當回事，其中有幾人還跟我說他們很忙，不要為這種事來煩他們。我據實稟報老闆，說有個經紀人講了非常侮辱人的話——「妳們這些小女生，找點別的遊戲玩吧」之類的。她非但不覺得受辱，還一副被逗樂的樣子。

她有一回給我一張寫了人名和電話號碼的清單，要我一個個打電話邀他們來參加派對。清單上的名字我差不多都認得，有些名字早已家喻戶曉。

我並不喜歡這份工作，因為感覺一直不太踏實，而且確實常常像在玩遊戲。我不太相信這女人真的會寫完這本書，再說薪水又低。

有天早上她打電話到我家，要我當天去某間檔案圖書館找某本書。那本書是古法裝訂的打字稿，不能帶出館，所以她要我在館內把整本書看完，找出關於那位名媛的祖先的生平，再摘出某些特定的細節。她交代我先打電話，請館方把書找出來，這樣我一進館就可以看了。但我沒有先打電話（我懷疑是否真的有這個必要），等我到場，很意外居然得等一個多小時，館員才把書拿來給我。

女老闆看到我那天工作的請款單，問我為什麼會是這個金額。我說在檔案圖書館等館員找書，她回說不是早就交代過我要先打電話嗎，如果我先打了電話，根本用不著等。於是我們吵了起來。最後她同意付我加班的錢，這事就一筆勾銷。但我不想再替她工作了，後來也沒再回去。

這都是四十多年前的事了。這麼久以來，我很少想到她，但我知道她真的寫完了那本傳記，書也真的出版了。我偶爾會聽說她辦了某某豪華派對，但她的訃聞見報時，我因為不常看訃聞，沒有發現。直到最近我才耳聞，她幾年前從自家閣樓公寓一躍而下。她搬進那間閣樓公寓，是我最後一次見到她之後又過了好一陣子的事。

隨她的訃聞刊登的照片，沒有一張是她死時的模樣——蒼老（是我們初見時歲數的兩倍）而憂鬱。大部分的照片都和我腦海中的形象一樣——深色鬈髮、瘦骨嶙峋的臉、露齒的燦笑。她的嗓音始終有種故作興致高昂的調調，而且習慣誇大——每個人都是大好人；每樣事物都好美好棒。她在家慣常穿的那雙銀色（也可能是金色）芭蕾平底鞋；她歪歪扭扭好似酒醉或孩童的筆跡；她對病痛過分放大的恐懼。（你是不是感冒了？我自己小孩感冒的時候我都離他們遠遠的耶。）她跟我說有個密友在脖子上發現一個小腫塊，結果竟是惡性腫瘤，她邊講邊打冷顫。就那麼小小一塊啊，她痛哭道，一邊小心翼翼輕觸自己細長的頸項。

她是個親切又周到的主人。我們頭一次會面就是她徵人的面試。女僕端著托盤進來，上面擺了白葡萄酒、鹹餅乾、抹醬，那抹醬還用迷你陶土花盆裝著。我則是個笨拙的客人，把餅乾捏得太緊，居然捏碎了，我為此如坐針氈，什麼都不敢碰。

從她的多篇訃聞和追悼文中，我發現她幾件我毫不知情的事，也想起一些以前知道但早已忘光的事。大家經常提起的，就是她學生時代與年長的威廉·福克納有過一段情。

我坐在公園，仰望朋友家的窗戶，也在那片刻緬懷了過往。那幾扇窗戶正如歐威爾說的理想的文章，擦洗得乾乾淨淨。

我身邊擺了一堆購物袋，裝著她永遠不會吃的蛋、麵包、鮭魚、甘藍菜和冰淇淋。她不吃我吃，而且會吃到撐得吃不下為止，但我還是會繼續吃。

來了一個帶著掃帚和長柄畚箕的男人。我認識他。他是這附近的志工，常來掃公園的垃圾。老天保佑他。

也請保佑每天都來餵松鼠和鳥兒的那個女人。

還要保佑松鼠和鳥兒。

不過這會兒我對面坐了一對情侶，剛坐下，兩人都很年輕，正在吵架。噴水池嘩啦嘩啦的很大聲，我聽不清楚他們吵什麼，不過我想他們講的是法語。兩人坐在噴水池邊，那麼年輕，那麼美——就算生氣還是美，年輕人就是這樣。我不知道他們在說什麼，不過我看得出來（這種事總是看得出來）——他們吵得滿凶的。

噢，拜託不要吵，年輕人。讓這地方安安靜靜的吧。

我其實也和某人吵了一架，就在那天早上。我大可以這麼跟那對男女說。我可以當下就打斷他們，像個精神錯亂的婦人，你偶然會在公園遇到的那種。我大可趁他們吵到一半時插嘴，提起我自己和別人吵架的經過——那天早上我和前任在電話上吵了一架。因為我跟他說，我怕自己辦不到，我自認說不了謊。於是我們舊話重提，又把整件事討論了一遍。他說，要是人死的時候妳在場，警方肯定會問妳話的。我知道，我知道，我說，因為我當然知道——這我們都談過多少次了？但是我可以想像，到了事情發生那一刻，要我說謊會有多難。或者，至少，要把謊話講得讓人信服，會有多難。

我就只講了這些。

他隨即大發雷霆。妳這人就是這樣，他說。我要講多少次。他說，妳簡直不可理喻。

妳這人就是這樣。他受不了的一切，我們之間變調的一切，總是因為「我這人就是這樣」。

因為我就是這樣，才沒能讓他快樂。因為我就是這樣，他才移情別戀。是我逼得他去別人懷中尋求慰藉——媽的因為我這人就是這樣。

他真的這麼說。

他用吼的，其實。

萬一我真的跟這對情侶講了這些，小倆口應該會滿腹狐疑互看一眼吧。這女的幹麼跟我們說這個？

或者，何不想像他們和和氣氣的。忘了他們的爭吵，放下各自的煩憂，互相傾聽。Quel est ton tourment?

我的前任形容我和朋友之間的關係是共生性妄想症[Φ]。

他再也不管我們的事了。

精神錯亂的老太太。這應該是我們最怕自己變成的模樣吧。帶了一堆購物袋、坐在公園長椅上的怪老太太。一會兒說老天保佑，一會兒又罵髒話。這種女人就會有這種遭遇。我自己的母親就差點淪落到這地步。我該起來，也該走了。冰淇淋在融化，魚再不冰也要壞了。但我有點頭昏，生怕一站起來就會天旋地轉。一陣恐慌襲來。我這是怎麼了？

帶著掃把和畚箕的男人、餵松鼠和鳥兒的人都走了。講法語的那對男女（噢太好了，他們想必和好了，男生一隻手臂環著女生，女生把頭靠在男生胸前）也正準備離開。

到底怎麼回事？我的心害怕得怦怦跳。就快結束了，這童話。我這輩子最悲傷也最快樂的時光即將過去。我就要孤伶伶一個人了。

哀慟的人有福了。Θ

小說吸引人的主因，是讀者希望藉由閱讀他人之死，溫暖自己打著寒顫的生命。班雅明說。

我試過了。我寫了一字又一字，明知每個字都可能會和原本不同。一如

Φ 原文 folie à deux，指一人的妄想症導致親近的人也出現妄想症的症狀。

Θ 出自《聖經．馬太福音》五章四節。「哀慟的人有福了，因為他們必得安慰。」

我朋友的人生，就像他人的人生，也可能會和原本不同。
我試過了。
愛和榮譽和憐憫和自尊和同情和犧牲——
若我失敗了又如何。

謝詞

特別感謝Joy Harris及Sarah McGrath。

同時也為Ucross基金會、Djerassi藝術家進駐計畫、James Merrill之家作家進駐計畫、MacDowell Colony藝術家進駐計畫等不吝支持，深致謝忱。

編按，本書內文引言出處：

第一部引言：
西蒙・韋伊，〈從上主之愛反思學校教育之善用〉（Reflections on the Right Use of School Studies with a View to the Love of God），《等候神》（*Waiting for God*），艾瑪・克勞福（Emma Craufurd）譯。

第二部引言：
朱爾・荷納，《朱爾・荷納手記》（*The Journal of Jules Renard*），路易絲・博根、伊莉莎白・羅潔（Louise Bogan & Elizabeth Roget）編譯。

第三部引言：
英格・克里斯坦森，《保密條件》（*The Condition of Secrecy*），蘇珊娜・奈德（Susanna Nied）譯。

Eurasian Publishing Group
圓神出版事業機構 寂寞出版社 Solo Press
www.booklife.com.tw reader@mail.eurasian.com.tw
Soul 043

告訴我，你受了什麼苦？

作　　者／西格麗德．努涅斯（Sigrid Nunez）
譯　　者／張茂芸
發 行 人／簡志忠
出 版 者／寂寞出版股份有限公司
地　　址／臺北市南京東路四段50號6樓之1
電　　話／（02）2579-6600．2579-8800．2570-3939
傳　　真／（02）2579-0338．2577-3220．2570-3636
總 編 輯／陳秋月
資深主編／李宛蓁
責任編輯／朱玉立
校　　對／李宛蓁．朱玉立
美術編輯／林雅錚
行銷企畫／陳禹伶．朱智琳
印務統籌／劉鳳剛．高榮祥
監　　印／高榮祥
排　　版／杜易蓉
經 銷 商／叩應股份有限公司
郵撥帳號／18707239
法律顧問／圓神出版事業機構法律顧問　蕭雄淋律師
印　　刷／祥峯印刷廠
2021年12月　初版

What are you going through by Sigrid Nunez

定價 390 元　ISBN 978-626-95323-0-8

或者阿波羅是犬界天才，明白我和書本之間的關係。

也許牠知道在我心情低落時，埋首閱讀是我唯一能做的事。

——《摯友》

國家圖書館出版品預行編目資料

告訴我，你受了什麼苦？/ 西格麗德．努涅斯（Sigrid Nunez）著；
張茂芸 譯. -- 初版. -- 臺北市：寂寞，2021.12
288面；14.8×20.8公分（Soul；43）
譯自：What are you going through.
ISBN 978-626-95323-0-8（平裝）

874.57　　110017751

WHAT ARE YOU GOING THROUGH

SIGRID NUNEZ